Publicado originalmente em 1976

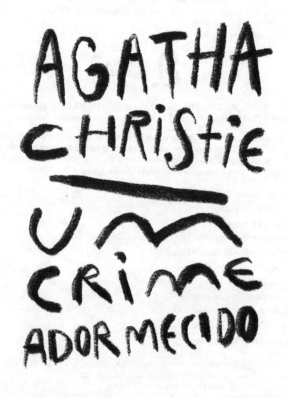

· TRADUÇÃO DE ·
Samir Machado de Machado

Rio de Janeiro, 2024

Copyright © 1976 Agatha Christie Limited. All rights reserved.
Copyright de tradução © 2024 por Casa dos Livros Editora LTDA.
Todos os direitos reservados.
Título original: *Sleeping Murder*

THE AC MONOGRAM, AGATHA CHRISTIE, and MISS MARPLE are registered trade marks of Agatha Christie Limited in the UK and/or elsewhere. All rights reserved.

Todos os direitos desta publicação são reservados à Casa dos Livros Editora LTDA. Nenhuma parte desta obra pode ser apropriada e estocada em sistema de banco de dados ou processo similar, em qualquer forma ou meio, seja eletrônico, de fotocópia, gravação etc., sem a permissão do detentor do copyright.

Publisher: *Samuel Coto*
Editora Executiva: *Alice Mello*
Editora: *Lara Berruezo*
Assistentes editoriais: *Anna Clara Gonçalves e Camila Carneiro*
Assistência editorial: *Yasmin Montebello*
Copidesque: *Luiza de Carvalho*
Revisão: *Vanessa Sawada e João Rodrigues*
Design gráfico de capa e miolo: *Túlio Cerquize*
Imagem de capa: *Turbosquid / Jimpa1*
3D e tratamento de imagem: *Lucas Blat*
Diagramação: *Abreu's System*

Dados Internacionais de Catalogação na Publicação (CIP)
(Câmara Brasileira do Livro, SP, Brasil)

Christie, Agatha, 1890-1976
Um crime adormecido / Agatha Christie ; tradução Samir Machado de Machado. – Rio de Janeiro : HarperCollins Brasil, 2024.

Título original: Sleeping Murder.
ISBN 978-65-6005-150-8

1. Ficção policial e de mistério (Literatura inglesa) I. Título.

23-187414   CDD-823.0872

Índices para catálogo sistemático:
1. Ficção policial e de mistério : Literatura inglesa   823.0872

Tábata Alves da Silva – Bibliotecária – CRB-8/9253

Os pontos de vista desta obra são de responsabilidade de seu autor, não refletindo necessariamente a posição da HarperCollins Brasil, da HarperCollins Publishers ou de sua equipe editorial.

HarperCollins Brasil é uma marca licenciada à Casa dos Livros Editora LTDA.
Todos os direitos reservados à Casa dos Livros Editora LTDA.
Rua da Quitanda, 86, sala 601A – Centro
Rio de Janeiro, RJ – CEP 20091-005
Tel.: (21) 3175-1030
www.harpercollins.com.br

Sumário

1. Uma casa — 7
2. Papel de parede — 14
3. "Cubra o rosto dela..." — 24
4. Helen? — 30
5. Assassinato em retrospecto — 35
6. Um exercício de detecção — 47
7. Dr. Kennedy — 56
8. O delírio de Kelvin Halliday — 66
9. Fator desconhecido? — 72
10. Histórico de um caso — 80
11. Os homens em sua vida — 86
12. Lily Kimble — 99
13. Walter Fane — 102
14. Edith Pagett — 108
15. Um endereço — 118
16. O filho — 121
17. Richard Erskine — 128
18. A trepadeira — 144
19. Mr. Kimble fala — 149
20. A jovem Helen — 152
21. J.J. Afflick — 160
22. Lilly vai ao encontro — 172
23. Qual deles? — 183
24. As patas de macaco — 197
25. Pós-escrito em Torquay — 210

Capítulo 1

Uma casa

Gwenda Reed estava parada, tremendo um pouco, à beira do cais.

As docas, os galpões da alfândega e toda a Inglaterra que seus olhos alcançavam estavam balançando gentilmente para cima e para baixo.

E foi naquele momento que ela tomou uma decisão — decisão essa que levaria a eventos muito importantes.

Ela não tomaria mais o trem portuário para Londres como havia planejado.

Afinal, por que o faria? Ninguém estava esperando por ela, ninguém a aguardava. Ela havia recém-saído daquele barco lento e barulhento (haviam sido três dias excepcionalmente difíceis cruzando a baía e subindo até Plymouth), e a última coisa que ela queria era entrar em um trem lento e barulhento. Ela iria para um hotel, um hotel bom e firme, que ficasse parado no chão. E ela se deitaria em uma cama boa e firme, que não iria ranger nem balançar. E ela iria dormir, e na manhã seguinte... mas é claro, que ideia maravilhosa! Ela iria alugar um carro e iria conduzi-lo devagar, sem pressa, até o sul da Inglaterra, procurando por uma casa, uma boa casa, a casa que ela e Giles haviam planejado que ela encontrasse. Sim, era uma ideia maravilhosa.

Assim ela veria um pouco da Inglaterra — a Inglaterra de que Giles havia lhe contado e que ela nunca havia visto, ainda que, como a maioria dos neozelandeses, ela a chamasse de Lar. No momento, a Inglaterra não estava parecendo muito atraente. Era um dia nublado, com a chuva que se aproximava e um vento irritante e cortante soprando. "Plymouth", pensou Gwenda, conforme avançava com obediência na fila da alfândega, "provavelmente não era a melhor parte da Inglaterra."

Na manhã seguinte, porém, suas impressões foram diferentes por completo. O sol brilhava. A vista da janela era atraente. E o mundo em geral não estava mais balançando e oscilando. Havia se acalmado. Isso era, enfim, a Inglaterra, e ali estava ela, Gwenda Reed, uma jovem mulher casada de 21 anos, viajando. O retorno de Giles à Inglaterra era incerto. Ele poderia vir encontrá-la em algumas semanas. Ou poderia levar seis meses. A sugestão dele havia sido que Gwenda deveria precedê-lo à Inglaterra, para procurar uma casa adequada. Os dois achavam que seria bom terem um endereço fixo em algum lugar. O trabalho de Giles sempre envolveria algum tipo de viagem. Às vezes Gwenda iria junto, às vezes as condições não seriam favoráveis. Mas os dois gostavam da ideia de ter uma casa — um lugar todo seu. Giles havia recém-herdado alguns móveis de uma tia, então tudo se encaixava para fazer daquela uma ideia viável e prática.

Uma vez que Gwenda e Giles estavam em condições financeiras razoáveis, o projeto não apresentava dificuldades.

Gwenda hesitara, a princípio, em escolher uma casa por conta própria.

— Precisamos fazer isso juntos — dissera.

Mas Giles respondera, rindo:

— Eu não entendo muito de casas. Se *você* gostar, *eu* vou gostar. Com um jardinzinho, é claro, não uma dessas modernidades horríveis... e não muito grande. A minha ideia era algum lugar na costa sul. De qualquer modo, não muito longe do litoral.

Gwenda perguntou se havia algum lugar em especial, mas Giles disse que não. Ele havia ficado órfão cedo (eles dois eram órfãos), e havia passado de parente em parente nas festas de fim de ano, e não havia um lugar em especial que tivesse algum significado em particular para ele. A casa seria de Gwenda — quanto a esperar que a escolhessem juntos, e se ele só pudesse vir depois de seis meses? O que Gwenda iria fazer sozinha esse tempo todo? Ficar morando em hotéis? Não, ela iria encontrar uma casa e se instalar nela.

— O que você está querendo — falou Gwenda — é que eu faça todo o trabalho!

Mas ela gostava da ideia de encontrar uma casa e deixá-la toda pronta, aconchegante e habitada, para quando Giles voltasse.

Eles estavam casados havia apenas três meses, e ela o amava muito.

Após pedir o café da manhã na cama, Gwenda se levantou e fez seus planos. Passou o dia conhecendo Plymouth, de que ela gostou, e no dia seguinte alugou um confortável carro da Daimler com chofer e partiu em viagem pela Inglaterra.

O tempo estava bom, e ela apreciou bastante o passeio. Viu diversas possíveis residências em Devonshire, mas não sentiu que fossem exatamente aquilo que queria. Não havia pressa. Ela continuaria procurando. Aprendeu a ler nas entrelinhas das descrições entusiasmadas de agentes imobiliários e poupou-se um pouco de perder tempo.

Foi em uma tarde de terça-feira, cerca de uma semana depois, quando o carro vinha descendo de forma gentil pela curva na estrada da colina em direção a Dillmouth e pelos arredores daquele balneário ainda charmoso, que passou por uma placa de "vende-se" onde, por entre as árvores, via-se de lampejo um pequeno sobrado vitoriano pintado de branco.

Na mesma hora, Gwenda teve um sobressalto de admiração, quase um reconhecimento. Aquela era a casa *dela*! Já tinha certeza disso. Podia imaginar o jardim, as janelas altas — tinha certeza de que a casa era bem o que ela queria.

Como já estava tarde, ela se instalou no Hotel Royal Clarence e, na manhã seguinte, foi atrás dos agentes imobiliários cujos nomes viu na placa.

Logo, munida de um pedido de visita, ela estava de pé na grande sala de estar antiquada, com duas janelas francesas abrindo-se para um terraço de lajotas diante do qual uma espécie de jardim ornamental, intercalado por arbustos floridos, descia de modo abrupto para um caminho gramado abaixo. Por entre as árvores aos fundos do jardim, podia-se ver o mar.

"Essa é a *minha* casa", pensou Gwenda. "Meu *lar*. Já sinto como se conhecesse cada cantinho daqui."

A porta se abriu, e uma mulher alta e melancólica entrou, fungando devido a um resfriado.

— Mrs. Hengrave? Tenho um pedido dos senhores Galbraith e Penderley. Receio que seja muito cedo...

Mrs. Hengrave, assoando o nariz, disse, com melancolia, que não havia problema algum. A visita pela casa começou.

Sim, era aquilo mesmo o que queria. Não era muito grande. Um pouco antiquada, mas ela e Giles poderiam acrescentar mais um banheiro ou dois. A cozinha poderia ser modernizada. Já tinha um fogão AGA de ferro fundido, ainda bem. Com uma nova pia e equipamentos modernos... Em meio a todos os planos e preocupações de Gwenda, a voz de Mrs. Hengrave zumbia suave, recontando os detalhes da última doença do falecido Major Hengrave. Metade da atenção de Gwenda estava dedicada a fazer os necessários sons de condolências, empatia e compreensão. Toda a família de Mrs. Hengrave vivia em Kent, e eles queriam que ela fosse morar mais perto deles... o major gostava muito de Dillmouth, sendo secretário do clube de golfe por muitos anos, mas ela própria...

— Sim... é claro... horrível para a senhora... é muito natural... sim, casas de repouso *são* assim mesmo... é claro... a senhora deve estar mesmo...

E a outra metade de Gwenda estava perdida em pensamentos: "Um armário de roupas de cama aqui, acho... Sim. Quarto de casal... uma vista bonita do mar... Giles vai gostar disso. Uma salinha bem útil aqui... Giles pode usá-la como vestíbulo... o banheiro... imagino que a banheira tenha um rebordo de mogno... ah, sim, *e tem*! Que adorável... e bem no meio do piso! Não posso mudar *isso*... é uma antiguidade!

"Uma banheira tão grande!

"Daria para colocar maçãs ao redor. E brincar com barquinhos a vela dentro... e patinhos de borracha. Poderia fingir que se estava no mar... já sei: vamos transformar aquela sala escura sobressalente em um par de banheiros bem modernos de cor verde com cromo... o encanamento da cozinha deve ficar logo abaixo... e deixar este assim como está..."

— Pleurisia — disse Mrs. Hengrave. — Que virou uma pneumonia dupla no terceiro dia...

— Terrível — disse Gwenda. — Não há outro banheiro no final desse corredor?

Havia, e era bem o tipo de cômodo que ela imaginou que seria, quase redondo, com uma grande janela saliente. Teria que ser reformado, é claro. Estava em bom estado, mas por que pessoas como Mrs. Hengrave gostavam tanto de pintar as paredes de amarelo-mostarda? Elas refizeram os passos de volta pelo corredor. Gwenda murmurou, consciente:

— Seis, não, sete quartos, contando o quartinho e o sótão.

As tábuas rangeram levemente sob seus pés. Já sentia que era ela, e não Mrs. Hengrave, que vivia ali! Mrs. Hengrave era uma intrusa, uma mulher que pintava cômodos de amarelo--mostarda e gostava de ter frisos estampados com glicínias ao redor da sala de estar. Gwenda baixou o olhar para o papel datilografado em sua mão em que se davam os detalhes da propriedade e o preço solicitado.

No decorrer daqueles dias, Gwenda havia se familiarizado bastante com o valor das casas. A soma pedida não era grande, e é claro que a casa necessitava de uma certa quantidade de reformas, mas mesmo assim... ela observou as palavras ABERTA PARA OFERTAS. Mrs. Hengrave devia estar bastante ansiosa para ir a Kent e viver perto dos parentes...

Estavam começando a descer as escadas quando, de súbito, Gwenda sentiu-se tomada por uma onda de terror irracional. Foi uma sensação doentia, e passou quase tão rápido quanto veio. Porém deixou para trás uma nova ideia.

— A casa não é... assombrada, é? — perguntou Gwenda.

Mrs. Hengrave, um degrau abaixo, e tendo recém-chegado ao ponto da narrativa em que a saúde do Major Hengrave estava se deteriorando rápido, olhou para cima com uma expressão ofendida.

— Não que eu saiba, Mrs. Reed. Por quê? Ouviu alguém falar algo do tipo?

— A senhora mesma nunca sentiu ou viu nada? Alguém *morreu* aqui?

"Uma pergunta um tanto infeliz", pensou ela, um milésimo de segundo tarde demais, porque presumidamente o Major Hengrave...

— Meu marido morreu na Casa de Repouso Santa Mônica — disse Mrs. Hengrave, seca.

— Ah, é claro. A senhora havia me dito.

Mrs. Hengrave continuou um tanto gélida:

— Em uma casa construída há mais de um século, é normal que tenha havido mortes no período. Miss Elworthy, de quem meu querido marido adquiriu esta casa sete anos atrás, estava com excelente saúde e, de fato, planejava sair em viagem e trabalhar como missionária, e não mencionara qualquer morte recente na família.

Gwenda apressou-se em acalmar a melancólica Mrs. Hengrave. Estavam agora de volta à sala de estar. Era uma sala tranquila e charmosa, com o exato tipo de atmosfera que Gwenda procurava. O pânico momentâneo agora lhe parecia incompreensível. O que será que lhe havia acometido? Não havia qualquer coisa de errado com a casa.

Perguntando a Mrs. Hengrave se poderia dar uma olhada no jardim, ela saiu pela porta francesa e desceu pelo terraço.

"Aqui deveria haver alguns degraus", pensou Gwenda, descendo pelo gramado.

Mas em vez disso havia uma grande profusão de forsítias, que naquele ponto em particular haviam crescido demais e tapavam toda a vista para o mar.

Gwenda fez uma anotação mental. Ela iria mudar tudo aquilo.

Seguindo Mrs. Hengrave, voltou ao terraço e desceu por alguns degraus pelo outro lado do gramado. Percebeu que o jardim ornamental estava descuidado e crescera demais, e que a maioria dos arbustos floridos necessitava de poda.

Mrs. Hengrave murmurou, constrangida, que o jardim havia sido um tanto negligenciado. Só podia pagar alguém para cuidar dele duas vezes por semana. E, com frequência, *ele* nem chegava a aparecer.

Elas inspecionaram o pequeno porém adequado jardim da cozinha, e voltaram para a casa. Gwenda explicou que ela tinha outros imóveis para visitar e, embora ela tivesse gostado bastante de Hillside (que nome mais comum!), ela não poderia decidir de imediato.

Mrs. Hengrave despediu-se dela com um olhar um tanto melancólico e uma última e longa fungada.

Gwenda voltou à imobiliária, fez uma boa proposta aos agentes e passou o restante da manhã caminhando por Dillmouth. Era uma cidadezinha costeira charmosa e à moda antiga. No lado mais afastado e "moderno", havia um par de hotéis de aparência nova e alguns bangalôs meio rústicos, mas a formação geográfica do litoral, com as colinas atrás, havia poupado Dillmouth de crescer em demasia.

Depois do almoço, Gwenda recebeu uma ligação da imobiliária dizendo que Mrs. Hengrave havia aceitado a proposta. Com um sorriso malicioso nos lábios, Gwenda tomou o caminho da agência dos correios e enviou um telegrama para Giles:

Comprei uma casa. Beijos. Gwenda.

— Ele vai gostar disso — disse Gwenda para si mesma. — Vai mostrar a ele que não sou de ficar parada esperando.

Capítulo 2

Papel de parede

Havia se passado um mês, e Gwenda se mudara para Hillside.

A mobília da tia de Giles fora trazida do depósito e disposta pela casa. Eram antiguidades, coisas de qualidade. Gwenda havia vendido um ou dois guarda-roupas grandes demais, mas o resto coube e harmonizou muito bem com a casa. Na sala de estar havia alegres mesinhas de papel machê, marchetadas de madrepérola e pintadas com rosas e castelos. Havia uma pequena escrivaninha com uma banqueta de cetim, um birô de pau-rosa e uma mesinha de centro em mogno.

As ditas "espreguiçadeiras", Gwenda havia distribuído por vários quartos e também havia comprado duas grandes e confortáveis poltronas para ela e Giles ficarem lado a lado diante da lareira. O grande sofá Chesterfield fora colocado perto das janelas. Para as cortinas, Gwenda havia escolhido uma chita azul-bebê à moda antiga, estampada com buquês de rosas e passarinhos amarelos. O cômodo agora estava perfeito, ela achava.

No entanto, ela não estava instalada em definitivo, já que ainda havia trabalhadores na casa. Eles já deveriam ter terminado àquela altura, mas Gwenda supunha corretamente que não iriam embora enquanto ela não se mudasse.

As mudanças na cozinha estavam prontas; os novos banheiros, quase. Quanto ao resto da decoração, Gwenda iria esperar um pouco. Ela queria mais tempo para aproveitar a casa e decidir a exata paleta de cores que desejava para os quartos. A casa estava em ordem, e não havia necessidade de fazer tudo de uma vez só.

Na cozinha havia se instalado uma certa Mrs. Cocker, uma senhora de graciosa condescendência, inclinada a repelir o tom excessivamente democrático e amigável de Gwenda, mas que, uma vez que Gwenda havia sido posta em seu lugar, mostrou-se mais amigável.

Naquela manhã em particular, Mrs. Cocker pôs a bandeja com o café da manhã no colo de Gwenda, conforme esta sentou-se na cama.

— Quando não há um cavalheiro na casa — disse Mrs. Cocker —, as damas tomam café na cama.

Gwenda curvou-se a essa regra supostamente inglesa.

— Esta manhã serão mexidos — observou Mrs. Cocker, referindo-se aos ovos. — A senhora falou algo sobre hadoque defumado, mas não iria querer isso no quarto. Deixa cheiro. Farei para a senhora no jantar, com molho branco e torradas.

— Ah, obrigada, Mrs. Cocker.

Mrs. Cocker sorriu com gentileza e preparou-se para sair. Gwenda não estava ocupando a suíte do casal. Isso poderia esperar até o retorno de Giles. Em vez disso, havia escolhido o último quarto, aquele de parede redonda e janela saliente. Ela sentia-se em casa e estava feliz.

Olhando ao redor, disse, de modo impulsivo:

— Eu gosto desse quarto.

Mrs. Cocker repetiu o gesto, indulgente.

— É um bom quarto, madame, ainda que pequeno. Pelo gradil na janela, eu diria que deve ter sido o quarto das crianças em algum momento.

— Nunca me ocorreu. Talvez tenha sido.

— Ah, bem — falou Mrs. Cocker, com um tom que deixava algo implícito, e se retirou.

Ela parecia dizer que, uma vez que houvesse um cavalheiro na casa, quem sabe? Talvez um quarto para crianças *fosse* necessário.

Gwenda ruborizou. Ela olhou ao redor do quarto. Um quarto para crianças? Sim, sim, seria ótimo ter um quarto para crianças. Começou a mobiliá-lo em sua mente. Uma grande casa de bonecas encostada ali na parede. E armários baixos com brinquedos. Uma lareira acesa e um anteparo bem alto ao redor, com roupas penduradas para arejar. Mas não aquela parede amarelo-mostarda horrenda. Não, ela colocaria um papel de parede alegre. Algo luminoso e bem-humorado. Estampado com raminhos de papoulas alternadas com raminhos de centáureas... sim, ficaria adorável. Ela iria tentar encontrar um papel de parede assim. Tinha certeza de já ter visto um em algum lugar.

Não seria preciso mobiliar o quarto em excesso. Havia dois armários embutidos, mas um deles, o do canto, estava trancado e a chave, perdida. De fato, haviam pintado por cima dele, então não devia ter sido aberto em muitos anos. Ela iria pedir aos trabalhadores que o abrissem antes de irem embora. Do modo como estava, não tinha espaço para todas as roupas dela.

Em Hillside, sentia-se cada vez mais em casa. Ao escutar alguém pigarrear e uma tosse seca vir pela janela aberta, ela se apressou em tomar o café da manhã. Foster, o temperamental jardineiro diarista, que nem sempre era confiável em suas promessas, devia ter chegado, como combinado.

Gwenda tomou banho, vestiu-se, pôs uma saia de tweed e um suéter, e se apressou até o jardim. Foster estava trabalhando do lado de fora da janela da sala de estar. A primeira coisa que Gwenda queria era uma trilha que atravessasse o jardim ornamental até aquele ponto. Foster vinha sendo relutante, apontando que as forsítias teriam que ser retiradas assim como as weigelas, e então havia os lilases, mas

Gwenda foi irredutível, e ele agora estava quase entusiasmado com a tarefa.

Ele a saudou com uma risadinha.

— Parece que a senhorita quer voltar aos velhos tempos. — Ele insistia em chamar Gwenda de "senhorita".

— Velhos tempos? Como assim?

Foster bateu no chão com a pá.

— Encontrei os degraus antigos, veja, estão ali, bem onde a senhora os quer agora. Alguém os cobriu e plantou por cima deles.

— Foi algo muito estúpido de se fazer — disse Gwenda. — É natural querer ter uma vista do gramado e do mar a partir da janela da sala.

Foster não se importava muito com a vista, mas assentiu de modo cauteloso e rabugento.

— Não estou dizendo, veja bem, que não seria uma melhoria... criar uma vista. E arbustos deixam a sala de estar escura. Ainda assim, estavam ficando lindos... nunca vi forsítias mais saudáveis. Os lilases não tanto, mas minhocas são caras... e veja só, estão muito velhos para serem replantadas.

— Ah, eu sei. Mas assim fica muito, muito melhor.

— Bem... — Foster coçou a cabeça. — Pode ser.

— Tenho *certeza* — disse Gwenda, balançando a cabeça. Ela perguntou de súbito: — Quem morava aqui antes dos Hengrave? Eles não ficaram aqui por muito tempo, ficaram?

— Coisa de seis anos, mais ou menos. Sentiram-se deslocados aqui. Antes deles? As Elworthy. Senhoritas muito religiosas. Da Igreja Baixa. Missionárias. Uma vez hospedaram um padre negro aqui. Elas eram quatro, mais o irmão... mas ele não opinava muito entre todas aquelas mulheres. Antes deles, bem, deixa eu ver, teve Mrs. Findeyson... Ah! Ela era gente fina mesmo. Combinava com esse lugar. Já morava aqui antes de eu nascer.

— Ela morreu aqui? — perguntou Gwenda.

— Morreu no Egito ou em algum lugar assim. Mas a trouxeram para casa. Foi enterrada no cemitério da igreja. Ela plantou aquelas magnólias e aquela chuva-de-ouro. E aqueles pitósporos-japoneses. Gostava de arbustos. — Foster continuou falando: — Não havia nem uma dessas casas novas erguidas ao longo da colina na época. Isso aqui era tudo mato. Nem cinema tinha. E nenhuma das lojas novas. Ou aquela praça na frente. — O tom continha a desaprovação dos idosos quanto a toda e qualquer inovação. — Mudanças — disse ele, bufando. — Nada além de mudanças.

— Imagino que as coisas estejam fadadas a mudar — disse Gwenda. — E, afinal, há diversas melhorias hoje em dia, não há?

— É o que dizem. Não notei uma sequer. Mudanças! — Ele gesticulou na direção da cerca viva de ciprestes, por onde se vislumbrava um edifício. — Ali era onde ficava o hospital local. Lugar bom e acessível. Então eles vão lá e constroem um lugar imenso a quase uma milha de distância da cidade. São vinte minutos de caminhada, se você quiser chegar lá em dia de visitas... ou três *pence* de ônibus. — Ele gesticulou outra vez na direção da cerca viva. — Ali é um colégio para meninas agora. Faz dez anos. Mudanças o tempo todo. As pessoas hoje em dia compram uma casa e vivem nela por dez ou doze anos e depois vão embora. São inquietas. O que tem de bom nisso? Não se pode plantar nada direito sem ter bastante tempo à frente.

Gwenda olhou com afeto para as magnólias.

— Como Mrs. Findeyson — observou ela.

— Ah. Ela era do tipo certo. Chegou aqui recém-casada, segundo ela. Criou os filhos e casou todos, enterrou o marido, recebia os netos nos verões, e no fim só foi embora quando já tinha quase 80 anos.

O tom de Foster era de aprovação.

Gwenda voltou para dentro da casa sorrindo um pouco.

Ela conversou com os operários, então voltou para a sala de estar, onde sentou-se à escrivaninha e escreveu algumas cartas. Entre a correspondência a ser respondida havia uma carta de alguns primos de Giles que viviam em Londres. A qualquer momento em que quisesse ir à cidade, a convidavam a se hospedar com eles na casa em Chelsea.

Raymond West era um escritor conhecido (ainda que não vendesse muito) e sua esposa Joan, pelo que Gwenda sabia, era pintora. Seria divertido viajar e se hospedar com eles, embora fosse provável que a achassem uma terrível filisteia. "Nem Giles nem eu somos muito intelectuais", refletiu Gwenda.

Um sonoro gongo ribombou com pontualidade no saguão.

Emoldurado por uma grande quantidade de madeira preta esculpida e torturada, o gongo havia sido um dos bens mais valiosos da tia de Giles. A própria Mrs. Cocker parecia obter um prazer distinto em soá-lo e sempre dava o máximo de si. Gwenda tapou os ouvidos com as mãos e se levantou.

Ela cruzou rapidamente a sala de estar até a parede da janela do outro lado e então parou, soltando uma exclamação de aborrecimento. Era a terceira vez que ela fazia isso. Parecia sempre esperar conseguir atravessar uma parede sólida até a sala de jantar ao lado.

Ela atravessou a sala e saiu para o vestíbulo frontal, depois contornou o ângulo da parede da sala de estar e caminhou até a sala de jantar. Era um longo caminho e seria incômodo no inverno, pois o vestíbulo era ventilado e o único aquecimento central só tinha saídas para a sala de visitas, a sala de jantar e os dois quartos do andar de cima.

"Não vejo motivo", pensou Gwenda, conforme sentava-se à charmosa mesa de jantar Sheraton que havia recém-comprado por uma soma alta em vez de ficar com a enorme mesa quadrada de tia Lavender, "por que não poderia ter uma passagem da sala de estar para a sala de jantar. Vou falar com Mr. Sims sobre isso quando ele vier esta tarde."

Mr. Sims era o empreiteiro e decorador, um homem de meia-idade persuasivo, com uma voz rouca e um caderninho que sempre tinha à mão, para anotar qualquer ideia custosa que pudesse ocorrer aos clientes.

Mr. Sims, ao ser consultado, reagiu de modo efusivo.

— A coisa mais simples no mundo, Mrs. Reed... E será uma grande melhoria, se me permite dizer.

— Vai sair muito caro?

A essas alturas Gwenda já havia ficado um pouco receosa com as afirmações e o entusiasmo de Mr. Sims. Houve alguns aborrecimentos com vários gastos adicionais não inclusos no orçamento inicial.

— Uma ninharia — respondeu Mr. Sims, a voz rouca soando indulgente e tranquilizadora.

Gwenda ficou mais receosa do que nunca. Era das ninharias de Mr. Sims que ela havia aprendido a desconfiar. As estimativas diretas dele eram moderadas com cuidado.

— Eu lhe digo uma coisa, Mrs. Reed — continuou Mr. Sims, persuasivo. — Vou pedir a Taylor para dar uma olhada quando terminar o vestíbulo hoje à tarde, e então posso lhe dar uma ideia exata. Vai depender de como é a parede.

Gwenda assentiu. Ela escreveu a Joan West agradecendo o convite, mas dizendo que não sairia de Dillmouth no momento, pois queria ficar de olho nos operários. Depois saiu para uma caminhada pela frente da casa e aproveitou a brisa do mar. Voltou para a sala de estar, e Taylor, o principal operário de Mr. Sims, endireitou-se no canto e a cumprimentou com um sorriso.

— Não haverá dificuldade quanto a isso, Mrs. Reed — disse ele. — Já houve uma porta aqui antes. Alguém que não a queria acabou fechando com gesso.

Gwenda ficou agradavelmente surpresa. "Que extraordinário", pensou, "que eu sempre tenha sentido a presença de uma porta ali." Lembrou-se da maneira confiante com que caminhou até ali na hora do almoço. E lembrando-se disso, de repente, ela sentiu um pequeno arrepio de inquietação. Parando para pensar, foi realmente muito estranho... Como ela tinha tanta certeza de que havia uma porta ali? Não havia sinal dela na parede externa. Como adivinhou — soube — que havia uma porta bem ali? Claro que seria conveniente ter uma porta que dava para a sala de jantar, mas por que ela sempre ia para aquele lugar específico, sem exceção? Qualquer lugar na parede divisória teria servido tão bem quanto, mas ela sempre foi de forma automática, pensando em outras coisas, para o único lugar onde de fato havia uma porta.

"Só espero", pensou Gwenda, inquieta, "que eu não seja *vidente* ou algo assim..."

Gwenda experienciou algo que fosse minimamente paranormal. Ela não era esse tipo de pessoa. Ou era? Os degraus do lado de fora do terraço descendo pelos arbustos até o gramado. Será que já sabia que havia algo ali quando insistiu tanto para que fosse feito naquele ponto em particular? "Talvez eu *seja* um pouco vidente", pensou Gwenda, inquieta.

Ou teria algo a ver com a casa?

Por que ela perguntara para Mrs. Hengrave se a casa era assombrada?

Não era assombrada! Era uma casa adorável! Não poderia haver algo de errado com a casa. Ora, Mrs. Hengrave havia ficado bastante surpresa com a ideia.

Ou havia um traço de hesitação, de cautela, em seus modos?

"Meu Deus, estou começando a imaginar coisas", pensou Gwenda.

Ela fez um esforço para voltar a se concentrar na conversa com Taylor.

— Tem mais uma coisa — acrescentou ela. — Um dos armários do meu quarto lá em cima está emperrado. Quero abri-lo.

O homem subiu junto com ela e examinou a porta.

— Já foi pintado mais de uma vez — disse ele. — Vou pedir aos homens que abram para a senhora amanhã, se possível.

Gwenda concordou, e Taylor foi embora.

Naquela noite, Gwenda estava sobressaltada e nervosa. Sentada na sala de estar e tentando ler, percebia cada rangido da mobília. Uma ou duas vezes olhou por cima do ombro e teve um calafrio. Disse a si mesma repetidas vezes que não havia algo por trás do incidente da porta e do caminho. Foram apenas coincidências. Em todo caso, eram o resultado de puro bom senso.

Sem admitir a si mesma, estava nervosa demais para ir para a cama. Quando enfim se levantou, apagou as luzes da sala e abriu a porta que dava para o saguão, ficou com medo de subir as escadas. Na pressa, quase correu por elas, passou rápido pelo corredor e abriu a porta do quarto. Uma vez lá dentro, ela sentiu seus medos acalmados e apaziguados na mesma hora. Olhou ao redor do cômodo com afeto. Ela se sentia segura ali, segura e feliz. Sim, agora que estava ali, estava a salvo. ("A salvo de quê, sua idiota?", se perguntou.) Olhou para o pijama estendido na cama e para os chinelos embaixo dele.

"Sinceramente, Gwenda, você parece ter seis anos! Você devia usar chinelos de pelúcia, com coelhinhos."

Ela foi para a cama com uma sensação de alívio e logo adormeceu.

Na manhã seguinte, tinha vários assuntos a tratar na cidade. Quando voltou, era hora do almoço.

— Os homens abriram o armário de seu quarto, madame — disse Mrs. Cocker, enquanto trazia o linguado frito com delicadeza, o purê de batata e o creme de cenoura.

— Ah, que bom — disse Gwenda.

Ela estava com fome e gostou do almoço. Depois de tomar um café na sala de estar, subiu para o quarto. Atravessando-o, abriu a porta do armário do canto.

Então soltou um súbito gritinho assustado e ficou parada olhando.

O interior do armário revelava o papel de parede original, que em outros lugares havia sido pintado com tinta amarelada. A sala já havia sido alegremente forrada com um desenho floral, um desenho de pequenos ramos de papoulas vermelhas, alternando com ramos de centáureas azuis...

Gwenda ficou ali olhando por um longo tempo, depois foi até a cama, trêmula, e sentou-se nela.

Ali estava ela, em uma casa onde nunca estivera, em um país que nunca havia visitado, e apenas dois dias antes ela se deitara na cama imaginando um papel de parede para aquele mesmo quarto, e o papel que imaginara correspondia exatamente ao que outrora adornava as paredes.

Possíveis explicações impensáveis giravam em sua cabeça. Dunne, *An Experiment With Time...* vendo para a frente em vez de para trás...

Ela poderia explicar o caminho do jardim e a porta de ligação como coincidência, mas não poderia haver coincidência nisso. Não poderia imaginar um papel de parede com um desenho tão distinto e depois encontrar um com exata correspondência... Não, havia alguma explicação que lhe escapava e que... sim, a assustava. De vez em quando ela via não à frente, mas para trás... de volta a algum estado anterior da casa. A qualquer momento poderia ver algo mais... algo que não queria ver... A casa a assustava... Mas era a casa ou ela mesma? Não queria ser uma daquelas pessoas que viam coisas...

Ela respirou fundo, pôs o chapéu e o casaco, e saiu rapidamente de casa. No correio, enviou o seguinte telegrama:

West 19 Addway Square Chelsea London. Tudo bem se eu mudar de ideia e visitar vocês amanhã? Gwenda.

Enviou com a resposta já paga.

Capítulo 3

"Cubra o rosto dela..."

Raymond West e a esposa fizeram o que podiam para que a jovem esposa de Giles se sentisse bem-vinda. Não tinham culpa que Gwenda no fundo os achava um tanto inquietantes. Raymond, com a aparência incomum, com um quê de corvo saltitante, o cabelo ondulado e as empolgações súbitas com conversas um tanto incompreensíveis, deixou Gwenda de olhos arregalados e nervosa. Tanto ele quanto Joan pareciam falar em uma linguagem própria. Gwenda nunca havia frequentado círculos intelectuais antes, e quase todas as expressões deles lhe eram estranhas.

— Pensamos em levá-la em um ou outro espetáculo — disse Raymond, enquanto Gwenda bebia gim, desejando no lugar uma xícara de chá após a viagem.

Gwenda animou-se de imediato.

— O balé hoje à noite em Sadler's Wells, e amanhã, para festejar o aniversário de minha incrível tia Jane, *A duquesa de Malfi* com John Gielgud, e na sexta você precisa assistir *Eles andavam sem os pés*. Traduzida do russo... é sem dúvida a peça de drama mais importante dos últimos vinte anos. Vai ser no pequeno teatro Witmore.

Gwenda expressou agradecimento por esses planos para entretê-la. Afinal, quando Giles voltasse para casa, eles iriam a espetáculos musicais e coisas assim. Ela hesitou um pouco diante do convite para *Eles andavam sem os pés*, mas talvez viesse a se divertir... o único problema com peças "importantes" é que em geral não são divertidas.

— Você vai adorar minha tia Jane — disse Raymond. — Ela é o que se descreveria como uma perfeita "antiguidade". Vitoriana até o osso. Todas as penteadeiras dela são drapeadas de chita. Ela vive em um vilarejo, o tipo de vilarejo onde nada nunca acontece, igual a um lago parado.

— Já aconteceu algo lá uma vez — interveio a esposa, secamente.

— Um mero caso passional... rude, sem qualquer sutileza.

— Você se divertiu muito na ocasião — lembrou-lhe Joan, com uma rápida piscadela.

— Às vezes gosto de uma fofoca de vilarejo — disse Raymond, com dignidade.

— De todo modo, tia Jane se destacou naquele caso de assassinato.

— Ah, ela não é tola. Ela adora problemas.

— Problemas? — perguntou Gwenda, a cabeça se perdendo na aritmética.

Raymond agitou uma das mãos.

— Qualquer tipo de problema. Por que a esposa do merceeiro levou um guarda-chuva para um encontro da igreja em uma noite de tempo bom. Por que um vidro de picles de camarão foi encontrado onde quer que seja. O que aconteceu com a sobrepeliz do vigário. Tudo é grão para o moinho de minha tia Jane. Então, se você tiver qualquer problema em sua vida, conte para ela, Gwenda. Ela te dará a resposta.

Ele riu e Gwenda também, mas não com muita vontade. Ela foi apresentada a tia Jane, mais conhecida como Miss Marple, no dia seguinte. Miss Marple era uma senhorinha atraente, alta e magra, com bochechas rosadas e olhos azuis, e modos delicados e um tanto exigentes. Seus olhos azuis muitas vezes tinham um certo brilho.

Depois de um jantar no qual beberam pela saúde de tia Jane, todos foram para o His Majesty's Theatre. Outros dois homens, um artista idoso e um jovem advogado, juntaram-se ao grupo. O velho artista deu atenção a Gwenda e o jovem advogado dividia a dele entre Joan e Miss Marple, de cujas observações ele parecia gostar muito. No teatro, no entanto, esse arranjo foi invertido. Gwenda sentou-se no meio da fileira entre Raymond e o advogado.

As luzes se apagaram, e a peça começou.

Foi uma atuação soberba, e Gwenda gostou muito. Ela não tinha visto muitas produções teatrais de primeira linha. A peça chegava ao fim, alcançando o supremo momento de horror. A voz do ator no palco veio carregada pela tragédia de uma mente distorcida e pervertida.

— *Cubra o rosto dela. Meus olhos estão ofuscados, ela morreu jovem...*

Gwenda gritou.

Ela pulou da poltrona, empurrou os demais às cegas a caminho do corredor, pela saída, e subindo as escadas até chegar à rua. Mesmo assim, ela não parou, mas seguiu meio caminhando, meio correndo, em um pânico cego, por Haymarket.

Foi só quando chegou a Piccadilly que notou um táxi livre passando, fez sinal para ele e, ao entrar, deu o endereço da casa em Chelsea. Com os dedos desajeitados, pegou o dinheiro, pagou o táxi e subiu os degraus.

O criado que a deixou entrar olhou para ela surpreso.

— A senhorita voltou cedo. Não estava se sentindo bem?

— Eu... não, sim... eu... eu me senti fraca.

— Gostaria de alguma coisa, senhorita? Um pouco de conhaque?

— Não, nada. Vou direto para a cama.

Ela subiu as escadas correndo para evitar mais perguntas.

Tirou as roupas, deixou-as no chão em uma pilha e se deitou. Ficou ali tremendo, com o coração batendo forte, os olhos fixos no teto.

Ela não ouviu o som de recém-chegados no andar de baixo, mas depois de cerca de cinco minutos a porta se abriu e

Miss Marple entrou. Trazia duas bolsas de água quente debaixo do braço e um copo na mão.

Gwenda sentou-se na cama, tentando parar de tremer.

— Ah, Miss Marple, sinto muitíssimo. Não sei o que foi que... foi horrível da minha parte. Estão muito aborrecidos comigo?

— Não se preocupe, minha querida — disse Miss Marple. — Só se aqueça bem com essas bolsas de água quente.

— Eu não preciso de uma bolsa de água quente, na verdade.

— Ah, sim, precisa. Assim mesmo. E agora beba esta xícara de chá...

Estava quente, forte e muito adoçado, mas Gwenda bebeu obedientemente. O tremor estava menos forte agora.

— Agora deite-se e durma — continuou Miss Marple. — Você teve um choque, sabia? Falaremos sobre isso pela manhã. Não se preocupe com nada. Apenas vá dormir.

Ela puxou as cobertas, sorriu, deu um tapinha em Gwenda e saiu.

No andar de baixo, Raymond dizia irritado a Joan:

— Que diabos deu nessa garota? Ela passou mal ou o quê?

— Raymond, querido, eu não sei, ela só gritou! Acho que a peça foi um pouco macabra demais para ela.

— Bem, claro, Webster *é mesmo* um pouco assustador. Mas não poderia imaginar que... — Ele se interrompeu quando Miss Marple entrou na sala. — Ela está bem?

— Acho que sim. Foi um choque e tanto, sabe.

— Choque? Só de assistir a um drama jacobino?

— Acho que deve ser um pouco mais do que isso — disse Miss Marple, pensativa.

Gwenda tomou o desjejum na cama. Bebeu um pouco de café e mordiscou um pedacinho de torrada. Quando se levantou e desceu, Joan tinha ido ao estúdio, Raymond estava trancado na sala de trabalho e apenas Miss Marple estava sentada perto da janela, que dava para o rio. Estava ocupada fazendo tricô.

· UM CRIME ADORMECIDO ·

27

Ela ergueu o olhar com um sorriso plácido quando Gwenda entrou.

— Bom dia, minha querida. Está se sentindo melhor, espero.

— Ah, sim, estou bem. Não sei como pude me fazer de idiota de tal maneira ontem à noite. Eles estão... estão muito bravos comigo?

— Ah, não, minha querida. Eles entendem com perfeição.

— Entendem o quê?

Miss Marple olhou para o tricô.

— Que você teve um choque e tanto na noite passada. — Ela acrescentou, com gentileza: — Não acha melhor você me contar tudo sobre isso?

Gwenda caminhava inquieta de um lado para o outro.

— Acho melhor eu ver um psiquiatra ou algo assim.

— Existem excelentes especialistas em Londres, é claro. Mas tem certeza de que é necessário?

— Bem, acho que estou ficando louca... *Só posso* estar ficando louca.

Uma velha criada entrou na sala com um telegrama em uma bandeja, que entregou a Gwenda.

— O rapaz quer saber se há uma resposta, senhora?

Gwenda abriu-o. Tinha sido retelegrafado de Dillmouth. Ela olhou para ele por alguns instantes sem entender, então o amassou em uma bola.

— Não há resposta — disse ela mecanicamente.

A empregada saiu do quarto.

— Espero que não sejam más notícias, querida.

— É Giles, meu marido. Ele está voando de volta para casa. Estará aqui em uma semana. — A voz dela soava triste e confusa.

Miss Marple deu uma leve tossida.

— Bem, isso é algo muito bom, não é?

— Será? Quando não tenho certeza se estou louca ou não? Se estou louca, nunca deveria ter me casado com Giles. E a casa e tudo mais. Não posso voltar lá. Ah, não sei o que fazer.

Miss Marple deu um tapinha convidativo no sofá.

— Sente-se aqui, querida, e apenas me conte a respeito.

Foi com alívio que Gwenda aceitou o convite. Ela contou toda a história, começando com a primeira visão de Hillside e passando para os incidentes que primeiro a intrigaram e depois a preocuparam.

— E então fiquei bastante assustada — finalizou. — E pensei em vir para Londres, me afastar de tudo. Só que, veja só, eu não tinha como escapar. Isso me seguiu. Ontem à noite... — Ela fechou os olhos e engoliu em seco, lembrando-se.

— Ontem à noite? — perguntou Miss Marple.

— Arrisco-me a dizer que a senhora não vai acreditar — disse Gwenda, falando muito rápido. — A senhora vai pensar que sou histérica, esquisita ou algo assim. Aconteceu de repente, bem no final. Eu gostei da peça. Não pensei por um segundo na casa. E então aconteceu... do nada... quando ele disse aquelas palavras... — Ela repetiu em voz baixa e trêmula: — "Cubra o rosto dela, meus olhos estão ofuscados, ela morreu jovem." Eu estava lá atrás... na escada, olhando para o corredor através do corrimão, e a vi deitada ali. Esparramada... morta. O cabelo todo dourado e o rosto todo... todo azul! Ela estava morta, estrangulada, e alguém estava dizendo aquelas palavras daquela mesma maneira horrível e exultante... e eu vi as mãos dele, cinzas, enrugadas... mãos, não... patas de macaco... Foi horrível, só posso dizer isso. Ela estava morta...

Miss Marple perguntou com delicadeza:

— Quem estava morta?

A resposta veio rápida e mecânica:

— Helen...

Capítulo 4

Helen?

Por um instante, Gwenda encarou Miss Marple, depois afastou o cabelo da testa.

— Por que eu falei isso? — perguntou ela. — Por que falei Helen? Não conheço qualquer pessoa chamada Helen!

Ela baixou as mãos com um gesto de desespero.

— Veja só — disse. — Estou louca! Imaginando coisas! Vou sair por aí vendo coisas que não estão lá. Primeiro eram apenas papéis de parede, mas agora são cadáveres. Então, estou piorando.

— Vamos, não se apresse em tirar conclusões, minha querida...

— Ou então é *a casa*. A casa é assombrada, ou amaldiçoada ou algo assim... Vejo coisas que aconteceram lá, ou então coisas que vão acontecer lá... e isso seria pior. Talvez uma mulher chamada Helen seja assassinada lá... Só não entendo por que, se é *a casa* que é mal-assombrada, eu deveria ver essas coisas horríveis quando estou longe dela. Então de fato acho que deve ser eu quem está ficando estranha. E é melhor eu ver um psiquiatra *imediatamente*... agora de manhã.

— Bem, claro, Gwenda querida, sempre se pode fazer isso quando tiverem esgotado todas as outras linhas de abordagem, mas eu sempre acho que é melhor examinar as explicações mais simples e comuns para deixar os fatos bem claros. Houve três incidentes que a perturbaram. Um caminho no jardim que foi coberto mas que você sentiu que estava lá, uma porta que foi fechada com tijolos e um papel de parede que você imaginou corretamente e em detalhes sem tê-lo visto. Estou certa?

— Sim.

— Bem, a explicação mais fácil e natural seria que você já os tivesse visto antes.

— Em outra vida, você quer dizer?

— Bem, não, querida. Eu quis dizer *nesta* vida. Quero dizer que podem ser *memórias* reais.

— Mas nunca estive na Inglaterra até um mês atrás, Miss Marple.

— Você tem certeza disso, minha querida?

— Claro que tenho certeza. Morei perto de Christchurch, na Nova Zelândia, minha vida toda.

— Você nasceu lá?

— Não, nasci na Índia. Meu pai era um oficial do Exército Britânico. Minha mãe morreu um ou dois anos depois que eu nasci, e ele me mandou de volta para a família dela na Nova Zelândia me criar. Então ele próprio morreu alguns anos depois.

— Você se lembra de ter ido da Índia para a Nova Zelândia?

— Na verdade, não. Eu lembro, de um modo assustadoramente vago, de estar em um navio. Uma coisa como uma janela redonda, uma escotilha, suponho. E um homem de uniforme branco com rosto vermelho e olhos azuis, e uma marca no queixo... uma cicatriz, imagino. Ele me jogava para o alto e lembro-me de ficar um pouco assustada, mas de adorar. Mas é tudo muito fragmentado.

— Você se lembra de uma governanta ou de uma *ayah*?

— Não era uma *ayah*... Nannie. Lembro-me de Nannie porque ela ficou por algum tempo... até eu fazer cinco anos. Ela recortava patos de papel. Sim, ela estava no navio. Ela me repreendeu quando chorei, porque o capitão me beijou e não gostei da barba dele.

— Isso é muito interessante, querida, porque se vê que está misturando duas viagens diferentes. Em uma, o capitão tinha barba e na outra tinha o rosto vermelho e uma cicatriz no queixo.

— Sim — considerou Gwenda —, devo estar misturando.

— Parece-me possível — disse Miss Marple — que, quando sua mãe morreu, seu pai a trouxe com ele primeiro para a *Inglaterra* e que você de fato morou naquela casa, Hillside. Você me disse, lembre-se, que a casa pareceu ser seu lar assim que você entrou nela. E aquele quarto que escolheu para dormir provavelmente era o *seu quarto*...

— *Era mesmo* um quarto de criança. Havia grades nas janelas.

— Está vendo? Tinha esse lindo papel alegre de centáureas e papoulas. As crianças se lembram muito bem das paredes de seu quarto de infância. Sempre me lembro das íris cor-de-rosa nas paredes do meu quarto, mas creio que foram cobertas quando eu tinha apenas três anos.

— E foi por isso que pensei logo nos brinquedos, na casa de bonecas e nos armários de brinquedos?

— Sim. E o banheiro. A banheira com moldura em mogno. Você me disse que pensou em velejar nela assim que a viu.

Gwenda disse, pensativa:

— É verdade que eu parecia saber imediatamente onde tudo estava... a cozinha e o armário de roupas de cama. E eu ficava pensando que havia uma porta da sala de estar para a sala de jantar. Mas me parece impossível que eu tenha vindo para a Inglaterra e de fato comprado a mesma casa em que morei há muito tempo.

— Não é *impossível*, minha querida. É apenas uma coincidência extraordinária... e coincidências extraordinárias de fato acontecem. Seu marido queria uma casa na costa sul, você estava procurando por uma, e você passou por uma casa que ativou lembranças e a atraiu. Era do tamanho certo e com um preço razoável, e então você a comprou. Não, não é tão improvável assim. Se a casa fosse apenas o que se chama, talvez corretamente, de casa mal-assombrada, você teria reagido de um modo diferente, eu acho. Mas você não tem um sentimento de violência ou repulsa, exceto, como você me disse, em um momento muito específico, e isso foi quando você estava se preparando para descer as escadas e olhou para baixo, para o saguão de entrada.

Um brilho de pavor voltou aos olhos de Gwenda.

— Está dizendo que... — falou ela — que Helen... que aquilo era real também?

Miss Marple respondeu de modo muito gentil:

— Bem, eu acho que sim, minha querida... Acho que precisamos encarar a realidade de que, se as outras coisas eram lembranças, *isso* também é uma lembrança...

— Que eu de fato vi alguém ser assassinada... estrangulada... e estava caída morta lá?

— Não creio que você soubesse de modo consciente que ela foi estrangulada, isso foi sugerido pela peça ontem à noite e se encaixa no seu reconhecimento de adulta do que deve significar um rosto azul e convulsionado. Acho que uma criança muito pequena, descendo as escadas, perceberia a violência, a morte e o mal, e os associaria a uma certa frase, pois acho que não há dúvida de que o assassino de fato *disse* aquelas palavras. Seria um choque muito grave para uma criança. As crianças são criaturinhas estranhas. Se estão muito assustadas, em especial por algo que não entendem, não falam sobre isso. Elas engolem. E talvez, ao que parece, elas se esqueçam disso. Mas a memória ainda está lá.

Gwenda respirou fundo.

— E a senhora acha que foi isso que aconteceu comigo? Mas por que não me lembro de tudo *agora*?

— Ninguém consegue se lembrar de algo quando quer. E muitas vezes, quando se tenta, a memória nos escapa. Mas acho que há uma ou duas indicações de que foi isso que aconteceu. Por exemplo, quando você me contou agora mesmo sobre sua experiência no teatro ontem à noite, você usou uma linguagem muito reveladora. Disse que parecia estar olhando-do "*através* do corrimão"... mas normalmente, veja só, não se olha para um corredor *através* do corrimão, mas por cima dele. Só uma criança olharia *através*.

— Isso é muito inteligente da sua parte — disse Gwenda, com apreço.

— Essas coisinhas são muito significativas.

— Mas quem era Helen? — perguntou Gwenda, perplexa.

— Diga-me, minha querida, você ainda tem certeza de que era Helen?

— Sim... é muito estranho, porque não sei quem é "Helen", mas ao mesmo tempo sei... quero dizer, sei que era "Helen" deitada ali... Como posso descobrir mais?

— Bem, acho que a coisa mais óbvia a se fazer é descobrir com certeza se você já esteve na Inglaterra quando criança, ou se poderia ter estado. Seus parentes...

Gwenda a interrompeu.

— Tia Alison. Ela saberia, tenho certeza.

— Então você poderia escrever para ela pelo correio aéreo. Conte-lhe que surgiu uma situação que torna imperativo para você saber se já esteve na Inglaterra. Você provavelmente receberá uma resposta pelo correio a tempo de seu marido chegar.

— Ah, muito obrigada, Miss Marple. A senhora tem sido muito gentil. E eu espero que o que a senhora sugeriu seja verdade. Porque se for, bem, então está tudo certo. Digo, não terá sido algo sobrenatural.

Miss Marple sorriu.

— Espero que tudo saia como planejamos. Vou me hospedar com alguns velhos amigos meus no norte da Inglaterra depois de amanhã. Devo retornar para Londres em cerca de dez dias. Se, então, você e seu marido estiverem aqui, ou se receber uma resposta para sua carta, eu ficaria *muito* interessada em saber o resultado.

— É claro, querida Miss Marple! De todo modo, quero que a senhora conheça Giles. Ele é um amor. E vamos ter um bom papo sobre essa coisa toda.

Gwenda ficou animada a essas alturas.

Miss Marple, contudo, pareceu pensativa.

Capítulo 5

Assassinato em retrospecto

Foi cerca de dez dias depois que Miss Marple entrou em um pequeno hotel em Mayfair e foi recebida com entusiasmo pelos jovens Mr. e Mrs. Reed.

— Esse é o meu marido, Miss Marple. Giles, não posso dizer o quanto Miss Marple foi gentil comigo.

— Encantado em conhecê-la, Miss Marple. Soube que Gwenda entrou em pânico e quase internou a si mesma em um asilo de lunáticos.

Os gentis olhos azuis de Miss Marple avaliaram Giles Reed de modo favorável. Um rapaz muito agradável, alto e loiro, com uma mania desconcertante de volta e meia ficar piscando devido à timidez. Ela percebeu nele a boca determinada e os traços firmes no queixo.

— Vamos tomar chá na saleta de leitura, a mais escura — disse Gwenda. — Ninguém nunca vai lá. E então podemos mostrar para Miss Marple a carta de tia Alison. — E, ante o olhar penetrante de Miss Marple, ela acrescentou: — Sim. E é quase exatamente o que se pode imaginar.

Tomado o chá, a carta por via aérea foi aberta e lida.

Queridíssima Gwenda (escreveu Miss Danby),

Fiquei muito preocupada ao saber que você teve uma experiência perturbadora. Para falar a verdade, escapou por completo da minha memória que você realmente residiu por um curto período na Inglaterra quando criança.

Sua mãe, minha irmã Megan, conheceu seu pai, o Major Halliday, quando ela visitou alguns amigos nossos que estavam servindo na Índia na época. Eles se casaram, e você nasceu lá. Cerca de dois anos após seu nascimento, sua mãe morreu. Foi um grande choque para nós, e escrevemos a seu pai, com quem havíamos nos correspondido, mas que na verdade nunca tínhamos visto, implorando-lhe que a confiasse aos nossos cuidados, pois ficaríamos muito felizes em tê-la e poderia ser difícil para um militar ficar sozinho com uma criança pequena. Seu pai, no entanto, recusou e nos contou que estava pedindo dispensa do Exército e levando você de volta para a Inglaterra. Ele disse que esperava que algum dia fôssemos visitá-lo lá.

Pelo que sei, na viagem para casa, seu pai conheceu uma jovem, eles noivaram e casaram-se assim que chegaram à Inglaterra. O casamento não foi, pelo que sei, do tipo feliz, e soube que eles se separaram um ano depois. Foi nessa época que seu pai nos escreveu e perguntou se ainda estávamos dispostos a cuidar de você. Não preciso lhe dizer, minha querida, como ficamos felizes em fazer isso. Você nos foi enviada sob os cuidados de uma babá inglesa. Na mesma época seu pai fez um testamento deixando tudo para você e sugeriu que você poderia adotar legalmente nosso sobrenome. Isso, posso dizer, nos pareceu peculiar, mas sentimos que era bem-intencionado — e pensado para que você se aproximasse da família —, porém nós não seguimos essa sugestão. Cerca de um ano depois, seu pai morreu em uma clínica. Pressupus que ele já havia recebido más notícias acerca da saúde dele na época que enviou você a nós.

Receio que não tenho como dizer-lhe onde você morou com seu pai enquanto esteve na Inglaterra. É claro que a carta tinha o endereço no verso, mas isso foi há dezoito anos e infelizmente não lembro tais detalhes. Era no sul da Inglaterra, isso eu sei — e arrisco dizer que poderia ser Dillmouth. Tenho a vaga impressão de que era Dartmouth, mas os dois nomes são parecidos. Creio que sua madrasta casou-se de novo, mas não me recordo de seu nome, nem mesmo do de solteira, embora seu pai tenha mencionado o casamento na carta. Nós estávamos, acho, um pouco ressentidos de ele estar se casando de novo tão cedo, mas é claro que sabemos que a bordo de navios a influência da proximidade é grande — e talvez ele também tenha pensado que seria algo bom para você.

Foi tolo de minha parte não ter mencionado que você já havia estado na Inglaterra, mesmo que não lembrasse, mas, como eu disse, a coisa toda havia se apagado de minha memória. A morte de sua mãe na Índia e sua consequente chegada para morar conosco sempre me pareceram os pontos mais importantes.

Espero que tudo esteja esclarecido agora.

Creio que Giles logo poderá se juntar a você. É difícil para vocês dois ficarem separados um do outro nesse primeiro momento. Conto minhas novidades em uma próxima carta, uma vez que estou enviando esta às pressas para responder ao seu telegrama.

Sua tia que te ama, Alison Danby.

P.S.: Você não vai contar o que foi essa tal experiência perturbadora?

— Veja só — disse Gwenda —, é quase exatamente como a senhora sugeriu.

Miss Marple alisou a delicada folha do telegrama.

— Sim... sim, de fato. Sabe, descobri que com frequência a explicação mais sensata é a mais comum.

— Bem, sou muito grato à senhora, Miss Marple — disse Giles. — A pobre Gwenda ficou completamente perturbada, e preciso dizer que eu mesmo estava bastante preocupado que Gwenda fosse vidente, ou psíquica, ou algo assim.

— Pode ser uma qualidade perturbadora em uma esposa — disse Gwenda. — A não ser que você tenha levado uma vida completamente inocente.

— O que eu levei.

— E a casa? O que você sente em relação à casa? — perguntou Miss Marple.

— Ah, está tudo bem. Vamos até ela amanhã. Giles está morrendo de vontade de vê-la.

— Não sei se a senhora percebe, Miss Marple — disse Giles —, mas o resultado disso tudo é que temos um assassinato misterioso de primeira em nossas mãos. Na realidade, diante de nossa porta... ou para ser mais preciso, em nosso saguão de entrada.

— Eu pensei nisso, sim — respondeu Miss Marple, devagar.

— E Giles simplesmente adora histórias de detetive — comentou Gwenda.

— Bem, digo, é de fato uma história de detetive. O corpo de uma bela mulher estrangulada no saguão. Não se sabe qualquer coisa sobre ela exceto o nome de batismo. É claro, sei que foi há quase vinte anos. Não deve haver mais pistas após todo esse tempo, mas pode-se ao menos investigar um pouco e tentar pegar algumas das pontas soltas. Ah! Arrisco-me a dizer que ninguém vai conseguir resolver a charada...

— Acho que consegue, sim — disse Miss Marple. — Mesmo após dezoito anos. Sim, acho que é possível.

— Mas de todo modo, não fará mal algum tentarmos de verdade... — Giles fez uma pausa, seu rosto se iluminou.

Miss Marple se agitou inquieta, a expressão séria, quase preocupada.

— Mas pode vir a causar grandes males — disse ela. — Eu recomendaria a vocês dois... ah, sim, eu recomendo fortemente... deixar a coisa toda de lado.

— Deixar de lado? Nosso próprio assassinato misterioso... se é que *foi* assassinato.

— Foi assassinato, eu acho. E é justo por isso que eu deixaria de lado. Um assassinato não é, não é mesmo, algo a se lidar com frivolidade.

— Mas, Miss Marple — argumentou Giles —, se todo mundo pensasse assim...

Ela o interrompeu:

— Ah, eu sei. Há ocasiões em que se tem o *dever*... uma pessoa inocente acusada, suspeitas recaindo sobre várias outras pessoas, um criminoso perigoso à solta que pode vir a atacar outra vez. Mas percebam que esse assassinato ficou há muito no *passado*. Ao que tudo indica, ninguém ficou sabendo de um assassinato, do contrário, vocês já teriam escutado isso do velho jardineiro ou de alguém por lá... um assassinato, por mais antigo que seja, é sempre uma notícia. Não, devem ter se livrado do corpo de alguma forma e nunca se levantou suspeita sobre isso. Vocês têm certeza, têm mesmo certeza, de que seria sábio desenterrar tudo isso de novo?

— Miss Marple — disse Gwenda —, a senhora está mesmo preocupada?

— Estou, minha querida. Vocês são dois jovens muito simpáticos e agradáveis, se me permitem dizer. Estão recém-casados e felizes juntos. Eu imploro, não comecem a desenterrar coisas que podem... bem, que podem... como posso dizer? Que podem *incomodar* e *perturbar* vocês.

Gwenda a encarou.

— A senhora está pensando em algo específico... em algo... aonde a senhora está querendo chegar?

— A lugar nenhum, querida. Apenas aconselhando vocês, porque já vivi bastante e sei como pode ser perturbadora a natureza humana, a deixar isso de lado. Este é o *meu* conselho: *deixem tudo isso de lado*.

— Mas não se trata de deixar de lado. — A voz de Giles tinha um tom diferente, mais severo. — Hillside é a nossa casa, minha e de Gwenda, e alguém foi assassinado naquela casa, ou pelo menos é o que acreditamos. Não vou aceitar que houve um assassinato em minha casa sem fazer algo a respeito, mesmo que tenha sido há dezoito anos!

Miss Marple suspirou.

— Sinto muito — disse ela. — Imagino que a maioria dos jovens de espírito inquieto se sente assim. Eu até simpatizo e quase admiro vocês por isso. Mas eu gostaria... ah, eu gostaria mesmo... que vocês não fizessem isso.

No dia seguinte, correu pelo vilarejo de St. Mary Mead a notícia de que Miss Marple havia voltado para casa. Ela foi vista na rua do comércio às onze horas e fez uma visita ao vigário às 11h50. Naquela tarde, três fofoqueiras do vilarejo ligaram para ela e obtiveram suas impressões da alegre metrópole e, encerrado esse tributo à boa educação, entraram nos pormenores de uma vindoura batalha acerca da barraca de trabalhos manuais na quermesse e da posição da barraca de chá.

Mais tarde, naquela noite, Miss Marple pôde ser vista, como sempre, no jardim, mas pela primeira vez suas atividades estavam mais concentradas na destruição de ervas daninhas do que nas atividades dos vizinhos. Ela esteve distraída durante o jantar frugal e mal parecia ouvir o relato animado de sua empregada Evelyn sobre as esquisitices do farmacêutico local. No dia seguinte, ela ainda estava distraída, e uma ou duas pessoas, incluindo a esposa do vigário, comentaram a respeito. Naquela noite, Miss Marple disse que não estava se sentindo muito bem e foi para a cama. Na manhã seguinte, mandou chamar o Dr. Haydock.

O Dr. Haydock fora médico, amigo e aliado de Miss Marple durante muitos anos. Ele ouviu o relato dos sintomas, fez-lhe um exame, depois recostou-se na cadeira e balançou o estetoscópio para ela.

— Para uma mulher de sua idade — disse ele —, e apesar dessa sua fragilidade aparente e enganosa, a senhora está em excelente forma.

— Tenho certeza de que minha saúde geral é boa — comentou Miss Marple. — Mas confesso que me sinto um pouco cansada demais... um pouco esgotada.

— A senhora andou pirulitando por três semanas. Noitadas em Londres.

— Há isso, é claro. Eu acho Londres um pouco cansativa, hoje em dia. E o ar... tão viciado! Não é como o ar fresco à beira-mar.

— O ar em St. Mary Mead é agradável e fresco.

— Mas muitas vezes úmido e abafado. E não é, o senhor sabe, estimulante.

O Dr. Haydock a olhou com um certo interesse.

— Vou lhe receitar um tônico — disse ele, com gentileza.

— Obrigada, doutor. O xarope de Easton sempre me é muito útil.

— Não precisa receitar por mim, senhora.

— Eu me pergunto se, talvez, uma mudança de ares...?

Miss Marple olhou para ele com inocência em seus olhos azuis.

— A senhora já esteve fora por três semanas.

— Eu sei. Mas em Londres, onde, como o senhor bem disse, é agitado. E então para o norte, uma zona industrial. Não é como respirar o ar do litoral.

O Dr. Haydock guardou os instrumentos na maleta. Então se virou, sorrindo.

— Vamos falar sobre por que a senhora me chamou — disse ele. — Apenas me diga o que quer fazer, e eu repito. Quer minha opinião profissional de que a senhora precisa do ar do litoral...

— Eu sabia que o senhor entenderia — falou Miss Marple, agradecida.

— Uma remédio excelente, a maresia. É melhor a senhora ir agora mesmo para Eastbourne, ou sua saúde poderá ser gravemente prejudicada.

— Em Eastbourne, eu acho, está bastante frio. Mais para o sul, o senhor sabe.

— Bournemouth, então, ou a Ilha de Wight.

Miss Marple piscou para ele.

— Sempre achei cidades pequenas muito mais agradáveis.

O Dr. Haydock sentou-se de novo.

— Minha curiosidade foi despertada. Que pequeno balneário está sugerindo?

— Bem, eu *tinha* pensado em Dillmouth.

— Lindo lugar. Um tanto monótono. Por que Dillmouth?

Por alguns instantes, Miss Marple ficou em silêncio. O olhar preocupado voltou a seus olhos. Ela disse:

— Suponhamos que um dia, por acidente, o senhor descobrisse um fato que parecesse indicar que há muitos anos, dezenove ou vinte, ocorreu um assassinato. E que esse fato fosse conhecido apenas por você, e que nada disso jamais tenha sido suspeitado ou relatado. O que o senhor faria a respeito?

— Assassinato em retrospecto, não é?

— Exatamente isso.

Haydock refletiu por um momento.

— Não houve um erro judiciário? Ninguém sofreu em consequência desse crime?

— Até onde se sabe, não.

— Hum... Assassinato em retrospecto. Um crime adormecido. Bem, vou lhe dizer. Eu deixaria o crime adormecido descansar em paz, isso é o que eu faria. Brincar com assassinatos é perigoso. Poderia ser muito perigoso.

— É disso que tenho medo.

— As pessoas dizem que um assassino sempre repete seus crimes. Isso não é verdade. Existe um tipo que comete um crime, consegue escapar impune e tem o cuidado de nunca mais arriscar o próprio pescoço. Não vou dizer que vivem felizes para sempre, não acredito que isso seja verdade, há muitos tipos de retribuição. Mas ao que parece, pelo menos, tudo corre bem. Talvez tenha sido assim no caso de Madeleine Smith ou ainda no caso de Lizzie Borden. Nada ficou provado no caso de Madeleine Smith, e Lizzie foi absolvida, mas muitas pessoas acreditam que ambas as mulheres eram culpadas. Eu poderia citar outros para você, pessoas que nunca voltaram a cometer crimes. Um crime deu-lhes o que queriam, e ficaram satisfeitas. Mas suponhamos que algum perigo os tivesse ameaçado? Presumo que o seu assassino, quem quer que seja, fosse desse tipo. Ele cometeu um crime e escapou impune, sem qualquer suspeita. Mas suponhamos que alguém saia bisbilhotando, desenterre algo, revirando pedras e explorando caminhos e finalmente, talvez, acerte o alvo? O que seu assassino fará sobre isso? Ficará por aí sorrindo enquanto o cerco vai se apertando cada vez mais? Não, se não for uma questão de princípios, eu diria que deixemos isso em paz. — Ele repetiu a frase anterior: — Deixe o crime adormecido descansar em paz.

Por fim, acrescentou com firmeza:

— E essas são as minhas ordens para a *senhora*. *Deixe tudo de lado.*

— Mas não sou eu que estou envolvida. São dois jovens muito encantadores. Deixe-me contar!

Ela contou a história e Haydock ouviu.

— Extraordinário — disse ele, quando ela terminou. — Uma coincidência extraordinária. Um negócio extraordinário. Suponho que a senhora entenda quais são as implicações disso...

— Ah, claro. Mas acho que isso ainda não ocorreu a eles.

— Isso significará muita infelicidade, e eles desejarão nunca terem se metido nessa história. Os esqueletos devem ficar guardados nos armários. Mesmo assim, consigo entender o ponto de vista do rapaz Giles. Caramba, eu mesmo não conseguiria deixar a coisa quieta. Mesmo agora, estou curioso...

Ele parou e dirigiu um olhar severo a Miss Marple.

— Então é isso que você está fazendo com suas desculpas para ir a Dillmouth. Se envolvendo em algo que não é de sua conta.

— De forma alguma, Dr. Haydock. Mas estou preocupada com esses dois. Eles são muito jovens e inexperientes, e muito confiantes e crédulos. Sinto que deveria estar lá para cuidar deles.

— Então é por isso que a senhora está indo. Para cuidar deles! A senhora nunca consegue deixar assassinatos de lado, mulher? Até mesmo assassinatos em retrospecto?

Miss Marple deu um pequeno sorriso afetado.

— Mas o senhor acha, não é, que algumas semanas em Dillmouth seriam benéficas para minha saúde?

— É mais provável que sejam o seu fim — disse o Dr. Haydock. — Mas a senhora não vai me ouvir!

A caminho de visitar seus amigos, o Coronel e Mrs. Bantry, Miss Marple encontrou o Coronel Bantry vindo pela estrada, com a arma na mão e o cão spaniel aos calcanhares. Ele a acolheu cordialmente.

— Fico feliz em ver a senhora de volta. Como estava Londres?

Miss Marple disse que Londres estava muito boa. Seu sobrinho a levou a várias peças.

— Intelectuais, aposto. Eu só gosto de comédias musicais.

Miss Marple disse que tinha assistido a uma peça russa muito interessante, embora talvez um pouco longa demais.

— Russos! — disse o Coronel Bantry, de forma explosiva.

Certa vez, ele havia ganhado um romance de Dostoiévski para ler em uma pousada. Acrescentou ainda que Miss Marple encontraria Dolly no jardim.

Mrs. Bantry quase sempre se encontrava no jardim.

Jardinagem era sua paixão. A literatura favorita dela eram catálogos de bulbos, e as conversas tratavam de prímulas, bulbos, arbustos floridos e novidades alpinas. A primeira visão que Miss Marple teve dela foi um traseiro de tamanho considerável, coberto de tweed desbotado.

Ao som de passos que se aproximavam, Mrs. Bantry reassumiu a posição ereta com alguns rangidos e estremecimentos, pois o hobby a deixara reumática, e enxugou a testa quente com a mão manchada de terra, dando boas-vindas à amiga.

— Ouvi dizer que você havia voltado, Jane — disse ela. — Não estão bonitos os meus novos delfínios? Já viu essas novas gencianas? Tive alguns problemas com elas, mas acho que agora estão firmes. O que precisamos é de chuva. Tem estado terrivelmente seco. — Ela acrescentou: — Esther me disse que você estava doente, de cama. — Esther era a cozinheira de Mrs. Bantry e oficial de ligação com a aldeia. — Fico feliz em ver que não é verdade.

— Só um pouco cansada — respondeu Miss Marple. — O Dr. Haydock acha que preciso de um pouco de ar litorâneo. Estou bastante abatida.

— Ah, mas você não pode viajar *agora* — disse Mrs. Bantry. — Esta é a melhor época do ano para o jardim. Seus arbustos devem estar começando a florir.

— O Dr. Haydock acha que seria aconselhável.

— Bem, Haydock não é tão estúpido quanto alguns médicos — admitiu Mrs. Bantry, com má vontade.

— Eu estive pensando, Dolly, sobre aquela sua cozinheira.

— Que cozinheira? Você não está se referindo àquela mulher que bebia, está?

— Não, não, não. Quero dizer aquela que fazia uma massa folhada deliciosa. Com um marido que era mordomo.

— Ah, você se refere à Falsa Tartaruga — disse Mrs. Bantry com reconhecimento imediato. — Uma mulher de voz grave e triste que sempre parecia prestes a explodir em lágrimas. Ela era *mesmo* uma boa cozinheira. O marido era um homem gordo e um tanto preguiçoso. Arthur sempre disse que ele era regado a uísque. Não sei. Pena que sempre há um integrante do casal que é insatisfatório. Eles ganharam uma herança de algum antigo empregador e foram abrir uma pensão na costa sul.

— Foi exatamente isso que pensei. Não foi em Dillmouth?

— Isso mesmo. Na Sea Parade, número 14, em Dillmouth.

— Eu pensei nisso quando o Dr. Haydock sugeriu que eu fosse para um balneário... o sobrenome deles era Saunders?

— Sim. É uma excelente ideia, Jane. Não poderia escolher melhor. Mrs. Saunders cuidará bem de você e, como está fora da temporada, eles ficarão felizes em recebê-la e não cobrarão muito. Com uma boa cozinha e a brisa do mar, você logo se recuperará.

— Obrigada, Dolly — disse Miss Marple —, espero que sim.

Capítulo 6

Um exercício de detecção

— Onde você acha que o corpo estava? Por aqui? — perguntou Giles.

Ele e Gwenda estavam de pé em frente ao saguão de Hillside. Eles haviam voltado na noite anterior, e Giles agora estava a todo vapor. Ele estava entretido feito um garotinho com um brinquedo novo.

— Por aí — disse Gwenda. Ela subiu até as escadas e olhou para baixo de modo analítico. — Sim... acho que foi por aí.

— Agache-se — disse Giles. — Você só tinha três anos, lembre.

Gwenda se abaixou de acordo.

— Você não consegue visualizar o homem que falou aquilo?

— Não me lembro de tê-lo visto. Ele devia estar um passo logo atrás... sim, ali. Eu só conseguia ver as patas dele.

— *Patas.* — Giles estranhou.

— Elas *eram* patas. Patas cinzentas, não humanas.

— Mas veja só, Gwenda. Isso não é algo tipo *Os assassinatos da rua Morgue*. Um homem não tem patas.

— Bem, *ele* tinha patas.

Giles a encarou, incrédulo.

— Você deve ter imaginado essa parte depois.

— Você não acha que eu posso ter imaginado isso tudo? — Gwenda continuou, devagar: — Sabe, Giles, estive pensando. Parece-me muito mais provável que tudo tenha sido um sonho. Poderia ter sido. É o tipo de sonho que uma criança poderia ter, ficar terrivelmente assustada e continuar lembrando. Você não acha que essa é de fato a explicação mais adequada? Porque ninguém em Dillmouth parece ter a menor ideia de que alguma vez houve um assassinato, ou uma morte súbita, ou um desaparecimento, ou qualquer coisa estranha nesta casa.

Giles parecia um tipo diferente de garotinho, um garotinho que teve o lindo brinquedo novo tirado dele.

— Suponho que pode ter sido um pesadelo — admitiu ele, de má vontade. Então seu rosto se iluminou de repente e ele disse: — Não. Eu não acredito nisso. Você poderia ter sonhado com patas de macacos e alguém morto, mas não sei se poderia ter sonhado aquela citação de *A duquesa de Malfi*.

— Eu poderia ter ouvido alguém dizer isso e depois sonhado.

— Não creio que criança alguma pudesse fazer isso. Não, a menos que você tenha escutado em condições de grande estresse e, se for esse o caso, voltamos para onde estávamos... Espere aí, já sei. Foi com *as patas* que você sonhou. Você viu o corpo e ouviu as palavras, e ficou morrendo de medo e então teve um pesadelo com isso, e também havia patas de macacos acenando... provavelmente você tinha medo de macacos.

Gwenda pareceu um pouco em dúvida. Ela falou, devagar:

— Suponho que pode ter sido isso...

— Queria que você pudesse se lembrar um pouco mais... Desça aqui no corredor. Feche os olhos. Pense... Não se recorda de mais nada?

— Não, não importa, Giles... Quanto mais penso, mais tudo vai embora... Quer dizer, estou começando a duvidar agora se de fato vi alguma coisa. Talvez na outra noite no teatro eu tenha tido apenas um perturbação mental.

— Não. *Aconteceu* algo. Miss Marple também pensa assim. E quanto a "Helen"? Você com certeza se lembra de *alguma coisa* sobre Helen?

— Não me recordo do que quer que seja. É apenas um nome.

— Talvez nem seja o nome certo.

— Sim, era. *Era* Helen. — Gwenda soava obstinada e convencida.

— Então, se você tem tanta certeza de que foi Helen, deve saber alguma coisa sobre ela — argumentou Giles. — Você a conhecia bem? Ela estava morando aqui? Ou estava apenas de passagem?

— Já disse que *não sei*. — Gwenda estava começando a ficar tensa e nervosa.

Giles tentou outra abordagem.

— De quem mais você consegue se lembrar? Seu pai?

— Não. Digo, não sei dizer. Sempre houve a fotografia dele, sabe. Tia Alison dizia: "Esse é o seu papai". Não me lembro dele *aqui*, nesta casa...

— E nenhuma criada, babá, algo do tipo?

— Não... não. Quanto mais tento lembrar, mais tudo se apaga. As coisas que sei estão todas subconscientes... como caminhar de modo automático até aquela porta. Eu não me *lembrava* de haver uma porta ali. Talvez se você não me preocupasse tanto, Giles, as lembranças voltariam. De qualquer forma, tentar descobrir tudo isso é inútil. Já faz muito tempo.

— É claro que há esperança... até a velha Miss Marple admitiu isso.

— Ela não nos ajudou com uma ideia de por onde começar — disse Gwenda. — E ainda assim sinto, pelo brilho no olhar dela, que tinha algumas. Pergunto-me como *ela* teria lidado com isso.

— Não imagino que ela fosse ter ideias muito diferentes das nossas — respondeu Giles, confiante. — Temos que parar de especular, Gwenda, e organizar as coisas de um modo sistemático. Já temos um ponto de partida. Olhei nos registros de mortes da paróquia. Não há qualquer "Helen" com a idade certa entre eles. Na realidade, não parece haver Helen alguma no período que observei... Ellen Pugg, de 94 anos, foi o mais perto. Agora temos que pensar em uma abordagem mais frutífera. Se seu pai e, presumidamente, sua madrasta, moraram nesta casa, eles devem ou tê-la comprado ou alugado.

— De acordo com Foster, o jardineiro, as Elworthy eram donas antes dos Hengrave e antes delas, Mrs. Findeyson. Ninguém mais.

— Seu pai pode tê-la comprado e morado nela por muito pouco tempo, e depois a vendido de novo. Mas acho que é muito mais provável que ele a tenha alugado, e é possível que já mobiliada. Nesse caso, nossa melhor aposta é procurar os corretores de imóveis.

Visitar os corretores não seria um trabalho difícil. Havia apenas duas imobiliárias em Dillmouth. Os senhores Wilkinson eram relativamente recém-chegados. Tinham aberto a imobiliária havia apenas onze anos. Lidavam sobretudo com os pequenos chalés e as novas casas no outro extremo da cidade. Os outros agentes, Mr. Galbraith e Mr. Penderley, foram aqueles de quem Gwenda comprou a casa. Ao visitá-los, Giles mergulhou na história. Disse que ele e a esposa ficaram encantados com Hillside e Dillmouth em geral. Mrs. Reed acabara de descobrir que havia morado em Dillmouth quando criança. Ela tinha algumas vagas lembranças do lugar, e tinha a impressão de que Hillside era, na verdade, a casa onde ela havia morado, mas não tinha certeza disso. Havia algum registro de que a casa pudesse ter sido alugada pelo Major Halliday? Teria sido há cerca de dezoito ou dezenove anos...

Mr. Penderley ergueu as mãos em sinal de desculpas.

— Receio que não seja possível lhe dizer, Mr. Reed. Nossos registros não vão tão longe. Isto é, não de aluguéis mobiliados ou de curto prazo. Lamento não poder ajudá-lo, Mr. Reed. Na verdade, se o nosso antigo secretário-chefe, Mr. Narracott, ainda estivesse vivo (ele morreu no inverno passado), ele poderia tê-lo ajudado. Tinha uma memória notável, realmente notável. Ele estava na empresa havia quase trinta anos.

— Não há mais alguém que possa se lembrar?

— Nossa equipe é relativamente jovem. É claro, há o próprio velho Mr. Galbraith. Ele se aposentou há alguns anos.

— Talvez eu possa perguntar a ele? — disse Gwenda.

— Bem, não sei... — Mr. Penderley parecia em dúvida. — Ele teve um derrame no ano passado. A cabeça não ficou muito boa. Ele tem mais de 80 anos, compreende?

— Ele mora em Dillmouth?

— Ah, sim. Na Cabana Calcutá. Uma casa muito simpática na estrada Seaton. Mas eu realmente não sei...

— É meio que uma tentativa desesperada — disse Giles a Gwenda. — Mas a gente nunca sabe. Acho melhor não escrevermos. Iremos juntos e usaremos nosso charme.

A Cabana Calcutá era cercada por um jardim bem-cuidado, e a sala de estar para onde foram conduzidos também era arrumada, embora um pouco abarrotada. Cheirava a cera de abelhas e lustra-móveis. Os metais brilhavam. As janelas tinham cortinas pesadas.

Uma mulher magra, de meia-idade e olhos desconfiados, entrou na sala.

Giles se explicou com rapidez, e a expressão de quem esperava encontrar vendedores de aspirador de pó de porta em porta se desfez no rosto de Miss Galbraith.

— Sinto muito, mas de fato não acho que possa ajudá-lo — disse ela. — Já faz muito tempo, não é?

— Às vezes nos lembramos de coisas — argumentou Gwenda.

— Naturalmente, eu não teria como saber de nada. Nunca tive qualquer ligação com a firma. "Major Halliday", a senhora disse? Não, não me lembro de ter conhecido alguém com esse nome em Dillmouth.

— Seu pai talvez se lembre — disse Gwenda.

— Meu pai? — Miss Galbraith balançou a cabeça. — Ele não presta muita atenção nas coisas hoje em dia, e a memória dele está muito instável.

Os olhos de Gwenda pousaram pensativamente em uma mesinha de latão de Benares, e se deslocaram para uma procissão de elefantinhos de ébano marchando ao longo da lareira.

— Achei que ele talvez pudesse se lembrar — disse ela —, porque meu pai tinha acabado de chegar da Índia. Sua casa se chama Cabana Calcutá?

Ela fez uma pausa interrogativa.

— Sim — respondeu Miss Galbraith. — Meu pai esteve em Calcutá por um tempo. Tinha negócios lá. Depois veio a guerra e em 1920 ele entrou para a firma daqui, mas gostaria de ter voltado, sempre diz. Mas minha mãe não gostava de terras estrangeiras, e é claro que não se podia dizer que o clima era de fato saudável. Bem, não sei, talvez você queira ver meu pai. Não sei se é um dos dias bons...

Ela os conduziu para um pequeno escritório escuro. Ali, recostado em uma grande cadeira de couro surrada, estava sentado um velho cavalheiro com grandes bigodes brancos de morsa. O rosto estava ligeiramente repuxado para o lado. Ele olhou para Gwenda com distinta aprovação enquanto a filha fazia as apresentações.

— Minha memória não é mais como era — disse ele, em um tom um tanto indiferente. — Halliday, você disse? Não, não me lembro do nome. Conheci um quando garoto, na escola em Yorkshire... mas isso foi uns setenta anos atrás.

— Ele alugou Hillside, achamos — disse Giles.

— Hillside? Já se chamava Hillside na época? — A única pálpebra de Mr. Galbraith que se movia piscou, abrindo e fechando. — Findeyson morava lá. Boa mulher.

— Meu pai pode ter alugado a casa mobiliada... Ele havia recém-chegado da Índia.

— Índia? Índia, você disse? Lembro-me de um camarada... um militar. Conhecia aquele velho patife do Mohammed Hassan que me enganou com uns carpetes. Tinha uma esposa jovem... e um bebê... uma garotinha.

— Era eu — disse Gwenda, com firmeza.

— É mesmo? Não diga! Bem, bem, o tempo voa. Agora, qual *era* o nome dele? Queria um local mobiliado... sim... Mrs. Findeyson havia sido enviada para o Egito ou algum outro lugar durante o inverno... uma bobagem assim. Qual era seu nome mesmo?

— Halliday — disse Gwenda.

— Isso mesmo, minha querida... Halliday. Major Halliday. Bom sujeito. Esposa muito bonita... bem jovem... de cabelo claro, queria estar perto da família dela ou algo assim. Sim, muito bonita.

— Quem era a família dela?

— Não faço ideia. Nenhuma ideia. Você não se parece com ela.

Gwenda quase disse "era apenas minha madrasta", mas não quis complicar o assunto. Ela perguntou:

— Como ela se parecia?

— Parecia preocupada — respondeu Mr. Galbraith, de forma inesperada. — Era como ela parecia, preocupada. Sim, sujeito muito simpático, o tal major. Ficou interessado em saber que eu estive em Calcutá. Não era como esses tipos que nunca haviam estado fora da Inglaterra. Tem cabeça pequena, essa gente. Agora, *eu* vi o mundo. Qual era mesmo o nome dele, do tal militar, que queria uma casa mobiliada? — Ele era como um gramofone muito velho, repetindo um disco arranhado. — St. Catherine. Foi isso. Alugou St. Catherine... seis guinéus por semana... enquanto Mrs. Findeyson esteve no Egito. Ela morreu lá, coitada. A casa foi posta a leilão... agora, quem a comprou? As Elworthy... foi isso... um grupo de mulheres... irmãs. Mudaram o nome. Disseram que St. Catherine era muito papista. Não gostavam de nada muito católico... Distribuíam panfletos. Mulheres simplórias, todas elas... interessaram-se pela gente local... doavam roupas e Bíblias. Gostavam de converter o povo.

Ele suspirou de repente e se recostou.

— Faz muito tempo — continuou ele, agitado. — Não consigo lembrar os nomes. Um camarada vindo da Índia... sujeito simpático... estou cansado. Gladys, quero meu chá.

Giles e Gwenda agradeceram a ele e à filha, e foram embora.

— Então está provado — disse Gwenda. — Meu pai e eu estivemos em Hillside. O que faremos a seguir?

— Fui um idiota — falou Giles. — A Casa Somerset.

— Que Casa Somerset? — perguntou Gwenda.

— É um cartório onde se pode ver os casamentos. Vou até lá procurar pelo casamento de seu pai. De acordo com sua tia, ele se casou com a segunda esposa assim que chegou à Inglaterra. Não percebe, Gwenda... já devia ter nos ocorrido... é perfeitamente possível que "Helen" tenha sido uma parente de sua madrasta... uma irmã mais jovem, talvez. De todo modo, assim que soubermos qual era o nome dela, poderemos encontrar alguém que saiba como era a situação em Hillside. Lembre-se de que o velhote disse que queriam uma casa em Dillmouth para ficarem perto da família de Mrs. Halliday. Se a família dela mora por aqui, podemos encontrar algo.

— Giles — disse Gwenda. — Você é maravilhoso.

Não foi necessário que Giles fosse até Londres, no final das contas.

Ainda que sua natureza enérgica o tornasse propenso a sair fazendo tudo sozinho, correndo de um lado para o outro, ele concordou que a simples rotina de sair fazendo perguntas poderia ser delegada.

Entrou em contato com o escritório.

— Consegui — disse ele, entusiástico, quando a resposta chegou.

De um envelope, retirou a cópia de um certificado de casamento.

— Aqui está, Gwenda. Sexta-feira, 7 de agosto, Cartório de Kensington. Kelvin James Halliday e Helen Spenlove Kennedy.

Gwenda soltou um gritinho.

54   · AGATHA CHRISTIE ·

— *Helen*?

Eles se encararam.

Giles disse devagar:

— Mas... mas... não pode ser *ela*. Digo... eles se separaram, e ela se casou de novo... e foi embora.

— Nós não sabemos — argumentou Gwenda — se ela foi mesmo embora...

Ela olhou outra vez para o nome claramente escrito: *Helen Spenlove Kennedy.*

Helen...

Capítulo 7

Dr. Kennedy

Alguns dias depois, caminhando ao longo do calçadão da praia sob um vento forte, Gwenda parou de repente ao lado de um desses abrigos de vidro que alguma empresa solícita havia providenciado para uso dos visitantes.

— Miss Marple?! — exclamou ela, bastante surpresa.

Pois era mesmo Miss Marple, bem agasalhada em um grosso casaco de lã e toda enrolada em cachecóis.

— Você deve estar bastante surpresa de me encontrar aqui — disse Miss Marple. — Mas meu médico me receitou passear à beira-mar para uma mudança de ares, e sua descrição de Dillmouth me pareceu tão atraente que decidi vir para cá, especialmente porque o cozinheiro e o mordomo de um amigo meu aceitam hóspedes.

— Mas por que a senhora não veio nos ver? — perguntou Gwenda.

— Gente velha pode ser um incômodo, minha querida. Os jovens recém-casados precisam ser deixados sozinhos. — Ela sorriu diante do protesto de Gwenda. — Tenho certeza de que vocês teriam me recebido muito bem. E como estão os dois? Progredindo com seu mistério?

— Estamos no percalço — disse Gwenda, sentando-se ao lado dela e detalhando as várias investigações feitas até o momento. — E agora — concluiu — colocamos um anúncio em muitos jornais, nos locais, no *Times* e em outros grandes diários. Pedimos apenas que qualquer pessoa que tenha algum conhecimento de Helen Spenlove Halliday, nome de solteira Kennedy, entre em contato etc. Acho que obteremos algumas respostas, a senhora não concorda?

— Creio que sim, minha querida... sim, creio que sim.

O tom de Miss Marple estava tranquilo como sempre, mas parecia preocupada. Ela lançou um rápido olhar de avaliação para a garota sentada a seu lado. A sinceridade determinada dela não parecia muito verdadeira. Gwenda parecia preocupada, pensou Miss Marple. Talvez estivesse começando a lhe ocorrer o que o Dr. Haydock havia chamado de "implicações". Sim, mas agora era tarde demais para voltar atrás...

— Fiquei realmente muito interessada em tudo isso — disse Miss Marple, desculpando-se. — Minha vida tem tão poucas emoções, sabe. Espero que não me considere muito curiosa se eu lhe pedir que me conte como está o progresso.

— É claro que contaremos à senhora — respondeu Gwenda, de forma calorosa. — A senhora ficará por dentro de tudo. Ora, se não fosse pela senhora, eu teria pedido aos médicos para me trancarem em um hospício. Diga-me qual é seu endereço aqui, e então a senhora precisa vir tomar uma bebida... digo, um chá, conosco e ver a casa. A senhora precisa ver a cena do crime, não é?

Ela riu, mas havia um leve nervosismo na risada.

Quando tomou o próprio caminho, Miss Marple balançou a cabeça muito de leve, a expressão preocupada.

Giles e Gwenda abriam a caixa de correio ansiosamente todos os dias, mas no início só se frustraram. Tudo o que receberam foram duas cartas de detetives particulares que se diziam eles próprios habilitados e dispostos a assumir as investigações por eles.

— Cuidamos deles depois — disse Giles. — E se tivermos que contratar alguma agência, será uma de primeira linha, não uma que se anuncia pelos correios. Mas eu realmente não vejo o que poderiam fazer que já não estejamos fazendo.

O otimismo (ou a autoestima) dele se justificou alguns dias depois. Chegou uma carta, escrita à mão em uma daquelas letras firmes, porém ilegíveis, típicas dos médicos.

Caro senhor,

Em resposta a seu anúncio no Times, *Helen Spenlove Kennedy é minha irmã. Perdi o contato com ela por muitos anos e ficaria feliz em ter notícias dela.*

Atenciosamente,
Dr. James Kennedy
Galls Hill
Woodleigh Bolton.

— Woodleigh Bolton — disse Giles. — Não fica muito longe. Woodleigh Camp é onde fazem piqueniques. Na charneca. Cerca de trinta milhas daqui. Escreveremos e perguntaremos ao Dr. Kennedy se podemos ir vê-lo, ou se ele prefere vir até nós.

Receberam a resposta de que o Dr. Kennedy estaria preparado para recebê-los na quarta-feira seguinte, e partiram no dia combinado.

Woodleigh Bolton era uma aldeia espalhada ao longo da encosta de uma colina. Galls Hill era a casa mais alta, logo no topo, com vista para Woodleigh Camp e as charnecas em direção ao mar.

— Lugar meio sinistro — disse Gwenda, com um calafrio.

A casa em si era soturna e, obviamente, o Dr. Kennedy desprezava modernidades tais como aquecimento central. A mulher que abriu a porta era séria e bastante ameaçadora. Ela os conduziu por um corredor um tanto vazio até um escritório onde o Dr. Kennedy se levantou para recebê-los. Era uma sala comprida e bem alta, repleta de estantes abarrotadas. O Dr. Kennedy era um homem idoso, de cabelos grisalhos e olhos astutos sob sobrancelhas espessas. O olhar dele passou brusco de um para o outro.

— Mr. e Mrs. Reed? Sente-se aqui, Mrs. Reed, é a cadeira mais confortável. Agora, de que se trata tudo isso?

Giles contou, com fluência, a história previamente combinada. Ele e a esposa recém-casaram na Nova Zelândia. Tinham vindo para a Inglaterra, onde a esposa morou por um curto período quando criança, e ela estava tentando encontrar velhos amigos e conexões da família.

O Dr. Kennedy permaneceu imóvel e inflexível. Foi educado, mas estava claramente irritado com aquela insistência colonial pelo sentimentalismo de laços familiares.

— E você acha que minha irmã, minha meia-irmã, e talvez eu mesmo somos parentes seus? — perguntou ele, de forma civilizada, mas com leve hostilidade.

— Ela era minha madrasta — disse Gwenda. — A segunda esposa de meu pai. Não consigo me lembrar dela direito, claro. Eu era muito pequena. Meu nome de solteira é Halliday.

Ele olhou para ela, e de repente um sorriso iluminou o rosto. Ele se tornou uma outra pessoa, não mais indiferente.

— Meu Deus — disse ele. — Não me diga que você é Gwennie!

Gwenda assentiu, ansiosa. O apelido, há muito esquecido, soava aos ouvidos com uma familiaridade tranquilizadora.

— Sim — disse ela. — Eu sou a Gwennie.

— Deus abençoe minha alma. Crescida e casada. Como o tempo voa! Deve fazer... o que... quinze anos... não, é claro, muito mais que isso. Você não se lembra de mim, suponho?

Gwenda negou com a cabeça.

— Eu não me lembro nem de meu pai. Digo, é tudo uma espécie de borrão vago.

— É claro, a primeira esposa de Halliday veio da Nova Zelândia, lembro-me de ele ter me contado isso. Um belo país, creio eu.

— É o país mais lindo do mundo, mas também gosto muito da Inglaterra.

— Está de visita... ou veio se estabelecer aqui? — Ele tocou a campainha. — Precisamos tomar chá.

Quando a mulher alta chegou, ele disse:

— Chá, por favor... e... hum... torradas quentes com manteiga, ou... ou bolo, ou algo assim.

A respeitável governanta pareceu de má vontade, mas disse:

— Sim, senhor. — E saiu.

— Não costumo tomar chá — comentou o Dr. Kennedy.

— Mas precisamos comemorar.

— É muito gentil de sua parte — disse Gwenda. — Não, não estamos de visita. Compramos uma casa. — Ela fez uma pausa e acrescentou: — Na encosta.

O Dr. Kennedy disse, de forma vaga:

— Ah, sim. Em Dillmouth. Você escreveu de lá.

— Foi uma coincidência extraordinária — disse Gwenda. — Não é, Giles?

— Eu diria que sim — concordou Giles. — Realmente impressionante.

— Estava à venda, sabe — continuou Gwenda. E acrescentou, diante da aparente incompreensão do Dr. Kennedy: — É a mesma casa onde morei há muito tempo.

O Dr. Kennedy franziu a testa.

— Na encosta? Mas certamente... Ah, sim, ouvi dizer que eles mudaram o nome. Chamava-se Saint alguma-coisa, se estou pensando na casa certa, na estrada de Leahampton, descendo para a cidade, do lado direito?

— Sim.

— É essa mesmo. Engraçado como os nomes saem da cabeça. Espere um minuto. Saint Catherine, era assim que se chamava.

— E eu morava lá, não é? — disse Gwenda.

— Sim, claro que sim. — Ele olhou para ela, divertindo-se.

— Por que quis voltar para lá? Você não consegue se lembrar muito daquela época, certo?

— Não. Mas de alguma forma... me senti em casa.

60   · AGATHA CHRISTIE ·

— Me senti em casa — repetiu o médico.

Não havia emoção nas palavras, mas Giles se perguntou no que ele estava pensando.

— Então veja — disse Gwenda —, eu esperava que o senhor me contasse sobre tudo... sobre meu pai e Helen e...
— Ela terminou sem jeito: — E tudo mais...

Ele olhou para ela, pensativo.

— Suponho que não soubessem muito a respeito, lá na Nova Zelândia. Por que deveriam? Bem, não há muito o que contar. Helen, minha irmã, estava voltando da Índia no mesmo navio que seu pai. Era viúvo e tinha uma filha pequena. Helen sentiu pena ou se apaixonou por ele. Ele estava sozinho ou se apaixonou por ela. É difícil saber exatamente como as coisas acontecem. Eles se casaram em Londres quando chegaram e vieram até Dillmouth para me visitar. Eu estava exercendo a Medicina lá, na época. Kelvin Halliday parecia um sujeito bom, um tanto nervoso e desanimado, mas eles pareciam felizes juntos.

Ele ficou em silêncio por um momento antes de dizer:

— No entanto, em menos de um ano, ela fugiu com outra pessoa. Você provavelmente sabia disso...

— Com quem ela fugiu? — perguntou Gwenda.

Ele dirigiu os olhos astutos para ela.

— Ela não me contou — disse ele. — Ela não me fazia confidências. Eu percebi, não pude deixar de perceber, que havia atrito entre ela e Kelvin. Eu não sabia por quê. Sempre fui um sujeito rigoroso, acredito na fidelidade conjugal. Helen não gostaria que eu soubesse o que estava acontecendo. Eu tinha ouvido rumores, um ou outro, mas não houve menção a um nome em particular. Muitas vezes recebiam convidados vindos de Londres ou de outras partes da Inglaterra. Imaginei que fosse um deles.

— Não houve divórcio, então?

— Helen não queria o divórcio. Kelvin me disse isso. Por isso imaginei, talvez erroneamente, que fosse o caso de algum homem casado. Alguém cuja esposa talvez fosse católica romana.

— E meu pai?

— Ele também não queria o divórcio — respondeu o Dr. Kennedy.

— Conte-me sobre meu pai — pediu Gwenda. — Por que ele decidiu de repente me mandar para a Nova Zelândia?

Kennedy fez uma pausa antes de dizer:

— Suponho que sua família o estava pressionando. Após o fim do segundo casamento, é provável que ele tenha pensado que era a melhor coisa a se fazer.

— Por que ele mesmo não me levou até lá?

O Dr. Kennedy olhou ao longo da lareira, procurando vagamente por um limpador de cachimbo.

— Ah, não sei... Ele estava com a saúde bastante debilitada.

— O que o acometia? Do que ele morreu?

A porta se abriu, e a governanta antipática apareceu com uma bandeja carregada.

Havia torradas com manteiga e um pouco de geleia, mas nenhum bolo. Com um gesto vago, o Dr. Kennedy fez sinal para Gwenda se servir. Ela fez isso. Quando as xícaras haviam sido servidas e distribuídas, e Gwenda havia pegado uma torrada, o Dr. Kennedy disse com uma alegria um tanto forçada:

— Conte-me, o que você fez na casa? Suponho que não a reconheceria agora, depois de vocês dois terem terminado a reforma.

— Estamos nos divertindo um pouco com os banheiros — admitiu Giles.

Gwenda, com os olhos fixos no médico, disse:

— De que meu pai morreu?

— Eu realmente não saberia dizer, minha querida. Como já disse, ele ficou com a saúde bastante debilitada por um tempo, e, enfim, foi para um sanatório, em algum lugar da costa leste. Ele morreu cerca de dois anos depois.

— Onde exatamente ficava esse sanatório?

— Desculpe. Não consigo me lembrar agora. Como já disse, tenho a impressão de que era na costa leste.

Uma evasão definitiva passara a existir em seus modos. Giles e Gwenda se entreolharam por um breve segundo. Giles disse:

— Ao menos saberia nos dizer, senhor, onde ele está enterrado? Gwenda está, naturalmente, muito ansiosa para visitar o túmulo dele.

O Dr. Kennedy inclinou-se sobre a lareira, raspando o fundo do cachimbo com um canivete.

— Sabe — disse ele, um tanto indiferente —, não acho que se deva ficar pensando muito no passado. Toda essa adoração aos ancestrais é um erro. O futuro é o que importa. Aqui estão vocês dois, jovens e saudáveis com o mundo à sua frente. Pensem adiante. Não adianta colocar flores no túmulo de alguém que, para todos os efeitos práticos, você mal conhecia.

Gwenda disse com um ar de rebeldia:

— Eu gostaria de ver o túmulo de meu pai.

— Receio não poder ajudá-la. — O tom do Dr. Kennedy era agradável, mas frio. — Já faz muito tempo e minha memória não é mais o que era. Perdi contato com seu pai depois que ele deixou Dillmouth. Acho que uma vez ele me escreveu do sanatório e, como já disse, tenho a impressão de que era na costa leste, mas não posso afirmar com certeza nem isso. E não faço a menor ideia de onde ele está enterrado.

— Que estranho — disse Giles.

— Não tanto. O elo entre nós, veja só, era Helen. Sempre gostei muito de Helen. Ela é minha meia-irmã e muitos anos mais nova que eu, mas tentei educá-la da melhor maneira que pude. As escolas certas e tudo mais. Mas não há como negar que Helen... bem, ela nunca teve um caráter estável. Houve problemas quando ela era bem jovem, com um rapaz muito indesejável. Eu a tirei disso com segurança. Então ela decidiu ir para a Índia e se casar com Walter Fane. Bem, tudo certo, rapaz simpático, filho do principal advogado de Dillmouth, mas, sendo sincero, tão sem graça quanto água. Ele sempre a adorou, mas ela nunca havia olhado para ele. Mesmo assim, ela mudou de ideia e foi para a Índia para se casar com ele. Quando ela o viu de novo, tudo degringolou. Ela me telegrafou pedindo dinheiro para a passagem para casa. Eu enviei. No caminho de volta, ela conheceu Kelvin. Eles se casaram sem que eu soubesse. Eu me senti, digamos, envergonhado por minha irmã. Isso explica por que Kelvin e eu não mantivemos contato depois que ela foi embora. — Então acrescentou de repente: — Onde está Helen agora? Você pode me dizer? Gostaria de entrar em contato com ela.

— Mas nós não sabemos — disse Gwenda. — Não sabemos nada.

— Ah! Pelo seu anúncio, pensei... — Ele olhou para eles com súbita curiosidade. — Diga-me, por que o publicou?

— Queríamos entrar em contato... — começou Gwenda, e parou.

— Com alguém de quem você mal consegue se lembrar? O Dr. Kennedy parecia confuso. Gwenda disse:

— Pensei que, se conseguisse entrar em contato com ela, ela me contaria... sobre meu pai.

— Sim, sim, entendo. Desculpe, não tenho como ser de muita utilidade. Minha memória não é o que era. E isso foi há muito tempo.

— Pelo menos — disse Giles — você sabe que tipo de sanatório era aquele? Para tuberculose?

O rosto do Dr. Kennedy voltou a parecer inflexível, de súbito:

— Sim... sim, acredito que sim.

— Então devemos conseguir rastreá-lo com bastante facilidade — afirmou Giles. — Muito obrigado, senhor, por tudo o que nos contou.

Ele se levantou e Gwenda fez o mesmo.

— Muito obrigada — disse ela. — E venha nos visitar em Hillside.

Eles saíram da sala, e Gwenda, olhando por cima do ombro, teve uma última visão do Dr. Kennedy parado junto à lareira, puxando o bigode grisalho e parecendo perturbado.

— Ele sabe de algo que não quer nos contar — comentou Gwenda, enquanto entravam no carro. — Tem *alguma coisa*... ai, Giles! Eu gostaria... eu gostaria agora que nunca tivéssemos começado...

Eles se entreolharam e em cada mente, sem que o outro percebesse, o mesmo medo surgiu.

— Miss Marple estava certa — disse Gwenda. — Devíamos ter deixado o passado em paz.

— Não precisamos continuar — sugeriu Giles, incerto. — Acho que talvez seja até melhor, Gwenda, querida.

Gwenda balançou a cabeça.

— Não, Giles, não podemos parar agora. Ficaríamos para sempre nos perguntando e imaginando. Não, temos que continuar... O Dr. Kennedy não nos contou porque queria ser gentil, mas isso não adianta. Teremos que continuar e descobrir o que realmente aconteceu. Mesmo que... mesmo que... tenha sido meu pai quem...

Mas ela não conseguia continuar.

Capítulo 8

O delírio de Kelvin Halliday

Estavam no jardim na manhã seguinte quando Mrs. Cocker saiu e disse:

— Com sua licença, senhor. Há um Dr. Kennedy no telefone.

Deixando Gwenda a conversar com o velho Foster, Giles entrou na casa e pegou o telefone.

— Aqui é Giles Reed.

— Aqui é o Dr. Kennedy. Estive pensando em nossa conversa de ontem, Mr. Reed. Há certos fatos que creio que o senhor e sua esposa deveriam saber. O senhor estará em casa se eu for esta tarde?

— Estaremos com certeza. A que horas?

— Às quinze?

— Pode ser.

No jardim, o velho Foster conversava com Gwenda.

— É aquele Dr. Kennedy que morava em West Cliff?

— Creio que sim. Você o conhece?

— Ele era considerado o melhor médico daqui... ainda que o Dr. Lazemby fosse mais popular. O Dr. Lazemby sempre tinha algo espirituoso a dizer. O Dr. Kennedy era sempre mais curto e seco... mas sabia fazer o trabalho dele.

— Quando ele parou de clinicar?

— Há muito tempo. Deve ter sido há quinze anos ou mais. Dizem que adoeceu.

Giles saiu pela porta francesa e respondeu à pergunta natural de Gwenda.

— Ele está vindo hoje de tarde.

— Ah... — Ela voltou-se outra vez para Foster. — O senhor chegou a conhecer a irmã do Dr. Kennedy?

— Irmã? Não que eu lembre. Era apenas uma garotinha. Foi embora para o colégio, e então para o exterior, embora eu tenha escutado que ela voltou para cá por um tempo depois de se casar. Mas acho que fugiu com um sujeito... sempre foi meio rebelde, dizem. Não sei se alguma vez cheguei a vê-la. Eu estava trabalhando em Plymouth, sabe.

Conforme eles caminhavam pela beira do terraço, Gwenda perguntou:

— Por que ele está vindo?

— Saberemos às quinze horas.

O Dr. Kennedy chegou com pontualidade. Olhando ao redor da sala, ele disse:

— É estranho estar aqui de novo.

Então ele foi direto ao ponto, sem preâmbulos.

— Presumo que vocês dois estejam determinados a rastrear o sanatório onde Kelvin Halliday morreu e descobrir todos os detalhes que puderem sobre a doença e a morte dele.

— Com certeza — respondeu Gwenda.

— Bem, consegue-se fazer isso com bastante facilidade, claro. Portanto, cheguei à conclusão de que seria menos chocante para vocês ouvirem os fatos de mim. Lamento ter que contar a vocês, pois isso não fará bem nem a vocês nem a ninguém, e provavelmente causará muita dor a você, Gwennie. Mas é isso. Seu pai não sofria de tuberculose, e o sanatório em questão era um hospício.

— Um hospício? Ele estava louco, então?

O rosto de Gwenda ficou muito pálido.

— Ele nunca foi diagnosticado. E, em minha opinião, ele não era louco no sentido geral do termo. Ele teve um colapso nervoso muito grave e sofria de certas obsessões delirantes. Entrou na casa de repouso por vontade própria e poderia, é claro, tê-la deixado a qualquer momento que quisesse. A condição dele, porém, não melhorou, e ele morreu ali mesmo.

— Obsessões delirantes? — Giles repetiu as palavras em dúvida. — Que tipo de delírios?

— Ele acreditava ter estrangulado a esposa — respondeu o Dr. Kennedy, seco.

Gwenda deu um grito abafado. Giles estendeu a mão rapidamente e pegou a mão fria dela.

Giles disse:

— E... e ele tinha?

— Hein? — O Dr. Kennedy olhou para ele. — Não, claro que não. Quanto a isso não há dúvida.

— Mas... mas como o senhor sabe? — A voz de Gwenda soou insegura.

— Minha querida! Nunca houve qualquer dúvida quanto a isso. Helen o trocou por outro homem. Ele estava em um estado muito desequilibrado havia algum tempo; sonhos nervosos, fantasias doentias. O choque final o levou ao limite. Eu não sou psiquiatra. Eles têm explicações para tais assuntos. Se um homem prefere que a esposa esteja morta a infiel, ele conseguirá fazer-se acreditar que ela está morta, e até mesmo ter sido quem a matou.

Com cautela, Giles e Gwenda trocaram um olhar de advertência. Giles disse com calma:

— Então o senhor tem certeza de que não havia dúvida quanto a ele ter realmente feito o que disse ter feito?

— Ah, tenho certeza. Recebi duas cartas de Helen. A primeira veio da França, cerca de uma semana depois de ela partir, e a outra, cerca de seis meses depois. Ah, não, a coisa toda foi pura e simples ilusão.

Gwenda respirou fundo.

— Por favor — disse ela. — O senhor pode me contar tudo sobre isso?

— Vou te contar tudo o que puder, minha querida. Para começar, Kelvin estava havia algum tempo em um estado neurótico bastante peculiar. Ele veio até mim para falar sobre isso. Disse que teve vários sonhos inquietantes. Esses sonhos, disse ele, eram sempre os mesmos e terminavam da mesma maneira: com o estrangulamento de Helen. Tentei chegar à raiz do problema, creio que deve ter havido algum conflito na primeira infância. Os pais dele, aparentemente, não eram um casal feliz... Bem, não vou entrar nesses detalhes. Isso só é interessante para um médico. Na verdade, sugeri a Kelvin que consultasse um psiquiatra, há vários camaradas de primeira... mas ele nem quis ouvir falar disso, achava que esse tipo de coisa era bobagem.

"Eu tinha a impressão de que ele e Helen não estavam se dando muito bem, mas ele nunca falava sobre isso e eu não gostava de fazer perguntas. A coisa toda veio à tona quando ele entrou em minha casa uma noite... era uma sexta-feira, eu me lembro, tinha acabado de voltar do hospital e o encontrei esperando por mim no consultório. Ele estava lá havia cerca de um quarto de hora. Assim que entrei, ele ergueu os olhos e disse: 'Eu matei Helen'.

"Por um momento eu não soube o que pensar. Ele estava tão tranquilo e concentrado. Eu falei: 'Você quer dizer que teve outro sonho?'. Ele disse: 'Não foi um sonho desta vez. É verdade. Ela está caída lá, estrangulada. Eu a estrangulei'.

"Então ele disse, com bastante calma e tranquilidade: 'É melhor você voltar comigo para casa. Então você poderá ligar para a polícia de lá'. Eu não sabia o que pensar. Peguei o carro mais uma vez e viemos até aqui. A casa estava silenciosa e escura. Subimos para o quarto..."

Gwenda interrompeu:

— *O quarto*? — A voz dela era puro espanto.

O Dr. Kennedy pareceu um pouco surpreso.

— Sim, sim, foi onde tudo aconteceu. Bem, é claro que quando chegamos lá não havia coisa alguma! Nenhuma mulher morta deitada na cama. Tudo em perfeito estado, as colchas nem sequer amarrotadas. A coisa toda havia sido pura alucinação.

— Mas o que meu pai disse?

— Ah, ele insistiu na história, é claro. Ele realmente acreditava, veja só. Eu o convenci a me deixar dar-lhe um sedativo e coloquei-o na cama do vestíbulo. Então dei uma boa olhada em volta. Encontrei um bilhete que Helen havia deixado amassado no cesto de papéis da sala. Estava bem claro. Ela havia escrito algo assim: "Isto é um adeus. Sinto muito, mas nosso casamento foi um erro desde o início. Vou embora com o único homem que já amei. Perdoe-me se puder. Helen".

"Evidentemente, Kelvin havia chegado, lido o bilhete dela, e então subiu as escadas, teve uma espécie de crise emocional e depois veio até mim, convencido de que havia matado Helen.

"Então questionei a criada. Era a noite dela e ela havia chegado tarde. Levei-a para o quarto de Helen, e ela examinou as roupas dela etc. Helen havia arrumado uma mala e uma bolsa e as levado consigo. Procurei na casa, mas não encontrei qualquer vestígio de algo incomum. Certamente, não havia sinal de uma mulher estrangulada.

"Passei por momentos muito difíceis com Kelvin pela manhã, mas ele enfim percebeu que era uma ilusão... ou pelo menos disse que sim, e consentiu em ir para uma casa de repouso para tratamento.

"Uma semana depois recebi, como disse, uma carta de Helen. Foi postada de Biarritz, mas ela disse que iria para a Espanha. Pedia que eu dissesse a Kelvin que ela não queria o divórcio. Seria melhor que ele a esquecesse o mais rápido possível.

"Mostrei a carta para Kelvin. Ele disse muito pouco. Estava seguindo adiante com seus planos. Ele telegrafou para a família da primeira esposa na Nova Zelândia pedindo-lhes que ficassem com a criança. Resolveu os assuntos que tinha e então foi internado em uma clínica psiquiátrica particular muito boa, e consentiu em receber tratamento adequado. Esse tratamento, no entanto, não fez qualquer coisa para ajudá-lo. Ele morreu lá dois anos depois. Posso dar-lhes o endereço do lugar. Fica em Norfolk. O atual superintendente era um jovem médico na época, e provavelmente poderá lhe fornecer todos os detalhes do caso de seu pai."

— E o senhor recebeu outra carta de sua irmã... depois daquela? — perguntou Gwenda.

— Ah, sim. Cerca de seis meses depois. Ela escreveu de Florença. Deu o endereço de uma posta-restante aos cuidados de "Miss Kennedy". Disse que percebeu que talvez fosse injusto com Kelvin não se divorciar, embora ela mesma não quisesse. Se ele quisesse o divórcio e eu a informasse, ela providenciaria para que ele tivesse todo o necessário. Levei a carta para Kelvin. Ele disse no mesmo instante que não queria o divórcio. Escrevi para ela dizendo isso. Desde então, nunca mais ouvi dela. Não sei onde mora, nem se está viva ou morta. É por isso que me senti atraído por seu anúncio e esperava receber notícias dela. — Ele acrescentou, com gentileza: — Sinto muito por isso, Gwennie. Mas você precisava saber. Teria sido melhor que você tivesse deixado tudo isso quieto...

Capítulo 9

Fator desconhecido?

Quando Giles voltou depois de se despedir do Dr. Kennedy, encontrou Gwenda sentada onde a havia deixado. As bochechas dela estavam vermelhas e brilhantes, e os olhos pareciam febris. Quando ela falou, a voz soou dura e amarga:

— Como é aquele velho ditado? Ou é morte ou loucura, de um jeito ou de outro? É isso o que é: morte ou loucura.

— Gwenda, querida...

Giles foi até ela e passou o braço em volta da esposa. O corpo dela estava duro e rígido.

— Por que não deixamos tudo isso quieto? Por que não fizemos isso? Foi meu próprio pai quem a estrangulou. E foi a voz de meu próprio pai que ouvi dizer aquelas palavras. Não é de se admirar que eu tenha lembrado tudo... não é de se admirar que eu estivesse tão assustada. Meu próprio pai.

— Espere, Gwenda, espere. Nós realmente não sabemos...

— Claro que sabemos! Ele disse ao Dr. Kennedy que havia estrangulado a esposa, não foi?

— Mas Kennedy tem certeza de que não...

— Porque ele não encontrou um corpo. Mas havia um corpo... e eu o vi.

— Você viu um corpo no corredor, não no quarto.

— Que diferença isso faz?

— Bem, é estranho, não é? Por que Halliday diria que estrangulou a esposa no quarto, se na verdade a estrangulou no corredor?

— Ah, não sei. Isso é apenas um pequeno detalhe.

— Não tenho tanta certeza. Faça um esforço, querida. Existem alguns pontos que estão muito estranhos nessa coisa toda. Vamos supor, se quiser, que seu pai *de fato* tenha estrangulado Helen. No corredor. O que aconteceu depois?

— Ele foi falar com o Dr. Kennedy.

— E disse que estrangulou a esposa no quarto, trouxe-o de volta com ele e não havia corpo no corredor nem no quarto. Caramba, não pode haver assassinato *sem* um corpo. O que ele fez com o corpo?

— Talvez houvesse um e o Dr. Kennedy o tenha ajudado a sumir com ele, só que é claro que ele não poderia nos contar isso.

Giles balançou a cabeça.

— Não, Gwenda, não vejo Kennedy agindo desse modo. Ele é um escocês teimoso, astuto e nada emotivo. Você está sugerindo que ele estaria disposto a se colocar em perigo como cúmplice após o fato. Não acredito que ele faria isso. Ele faria o melhor por Halliday, fornecendo provas sobre o estado mental dele, isso, sim. Mas por que iria arriscar o pescoço para abafar tudo? Kelvin Halliday não era parente dele, nem amigo próximo. Foi a própria irmã dele quem foi morta, e ele claramente gostava dela, mesmo que demonstrasse uma desaprovação meio vitoriana pelos modos de vida alegres de Helen. Não é nem como se *você* fosse filha da irmã dele. Não, Kennedy não seria conivente em ocultar um assassinato. Se tivesse feito isso, só haveria uma maneira possível de ele tê-lo feito, e seria fornecendo deliberadamente um atestado de óbito informando que ela havia morrido de insuficiência cardíaca ou algo assim. Suponho que ele *pudesse* ter se safado assim, mas sabemos com certeza que ele *não fez* isso. Porque não há registro da morte dela nos cartórios da paróquia e, se ele o tivesse feito, teria nos dito que a irmã dele tinha morrido. Então continue a partir daí e explique, se puder, o que aconteceu com o corpo.

— Talvez meu pai o tenha enterrado em algum lugar... no jardim?

— E então foi até Kennedy e disse que havia assassinado a esposa? Por quê? Por que não se apoiar na história de que ela o "deixou"?

Gwenda afastou o cabelo da testa. Ela estava menos dura e rígida agora, e o rubor nítido estava desaparecendo.

— Não sei — admitiu ela. — Parece um pouco estranho, agora que você colocou dessa maneira. Acha que o Dr. Kennedy estava nos dizendo a verdade?

— Ah, sim, tenho certeza disso. Do ponto de vista dele, é uma história perfeitamente razoável. Sonhos, devaneios... e, por fim, uma grande alucinação. Ele não tem dúvidas de que foi uma alucinação porque, como acabamos de dizer, não se pode cometer um assassinato sem um corpo. É aí que estamos em uma posição diferente dele. Sabemos que havia um corpo. — Ele fez uma pausa e continuou: — Do ponto de vista dele, tudo se encaixa. Roupas e malas faltando, um bilhete de despedida. E, mais tarde, duas cartas da irmã dele.

Gwenda se remexeu.

— Essas cartas. Como podemos explicar isso?

— Não podemos, mas precisamos. Se presumirmos que Kennedy estava nos dizendo a verdade (e, como falei, tenho quase certeza de que estava), teremos que explicar essas cartas.

— Será que realmente tinham a letra da irmã dele? Ele a reconheceu?

— Sabe, Gwenda, não acho que pensaria nisso. Não é como a assinatura em um cheque duvidoso. Se as cartas tivessem sido escritas em uma imitação próxima o suficiente da letra da irmã, não lhe ocorreria duvidar delas. Ele já tinha a ideia pré-concebida de que ela havia fugido com alguém. As cartas apenas confirmavam essa crença. Se ele nunca tivesse recebido notícias dela, bem, então ele *poderia* suspeitar de algo. Ao mesmo tempo, há certas coisas curiosas quanto a essas cartas que não chamaram a atenção dele, talvez, mas chamaram a minha. Elas eram estranhamente anônimas. Nenhum endereço, exceto a posta-restante. Nenhuma indicação de quem seria o homem em questão. Uma clara determinação em romper com todos os antigos laços. O que quero dizer é que elas eram exatamente o tipo de carta que um assassino forjaria, se quisesse afastar qualquer suspeita por parte da família da vítima. É o velho truque de Crippen outra vez. Postar as cartas do estrangeiro teria sido fácil.

— Você acha que meu pai...

— *Não*. Pelo contrário, *não acho*. Pense em um homem que tenha decidido se livrar de propósito da esposa. Ele espalha rumores da possível infidelidade dela. Ele encena a partida dela... bilhete deixado para trás, roupas arrumadas e levadas. Cartas dela serão recebidas em intervalos de tempo cuidadosamente espaçados, de algum lugar no estrangeiro. Na realidade, ele a teria matado com calma e a colocado, digamos, debaixo do assoalho. Esse é um tipo de assassinato... e um que já foi realizado com frequência. Mas o que esse tipo de assassino *não faz* é ir correndo até o cunhado dizendo que matou a esposa e que seria melhor eles irem até a polícia. Por outro lado, se seu pai fosse um assassino do tipo emotivo, e estivesse terrivelmente apaixonado pela esposa e a tivesse estrangulado em um surto frenético de ciúme, à moda de Otelo (e isso se encaixa com o tipo de palavras que você escutou), ele com certeza não arrumaria as malas e arranjaria para que as cartas fossem enviadas, antes de correr para anunciar o crime para um homem que não é do tipo inclinado a abafar o caso. Está tudo errado, Gwenda. O padrão todo está errado.

— Então onde você está querendo chegar, Giles?

— Eu não sei... É só que, ao longo de tudo isso, parece haver um fator desconhecido... vamos chamá-lo de X. Alguém que não apareceu para nós ainda. Mas vemos reflexos da técnica dele.

— X? — disse Gwenda, pensativa. Então seu olhar ficou sombrio. — Você está inventando isso, Giles. Para me confortar.

— Juro que não. Não percebe que não se consegue fazer um esboço satisfatório que se encaixe em todos os fatos? Sabemos que Helen Halliday foi estrangulada porque você viu...

— Ele parou. — Meu Deus! Fui um idiota. Agora percebo. Isso dá conta de tudo. Você tem razão. E Kennedy também. Escute, Gwenda. Helen estava se preparando para partir com um amante. Não sabemos quem é.

— X?

Giles ignorou a interpolação dela com impaciência.

— Ela escreve um bilhete para o marido, mas naquele momento ele chega, lê o que ela está escrevendo e fica descontrolado. Ele amassa o bilhete, joga-o no cesto de lixo e vai até ela. Ela fica apavorada, corre para o corredor... ele a alcança, a estrangula, ela fica mole e ele a deixa cair. E então, um pouco afastado dela, ele cita as palavras de *A duquesa de Malfi* no momento em que a criança lá em cima chega ao corrimão e está olhando para baixo.

— E depois disso?

— A questão é que ela *não está morta*. Ele pode ter pensado que ela estava morta, mas ela foi apenas parcialmente sufocada. Talvez o amante tenha retornado, depois que o marido frenético partiu para a casa do médico, do outro lado da cidade, ou talvez ela tenha recuperado a consciência sozinha. De todo modo, assim que acorda, ela dá no pé. Dá no pé rapidinho. E isso explica tudo. A crença de Kelvin de que ele a matou. O desaparecimento das roupas, embaladas e levadas embora no início do dia. E as cartas seguintes, *que são perfeitamente genuínas*. Aí está, isso explica tudo.

— Isso não explica por que Kelvin disse que a estrangulou no quarto — argumentou Gwenda.

— Ele estava tão agitado que não conseguia se lembrar de onde tudo tinha acontecido.

— Gostaria de acreditar em você. Quero acreditar — disse Gwenda —, mas continuo tendo certeza, muita certeza, de que quando olhei para baixo ela estava morta, completamente morta.

— Mas como você poderia saber? Uma criança de apenas 3 anos.

Ela olhou para ele com estranheza.

— Acho que é possível saber... com mais certeza do que quando se é mais velho. É como os cães: eles conhecem a morte, jogam a cabeça para trás e uivam. Acho que as crianças também a conhecem...

— Isso é um absurdo... é fantasioso.

O toque da campainha da porta da frente o interrompeu.

— Quem será, me pergunto? — disse ele.

Gwenda pareceu consternada.

— Eu quase esqueci. É Miss Marple. Eu a convidei para tomar chá hoje. Não saia contando a ela sobre esse assunto.

Gwenda temia que o chá pudesse se mostrar uma refeição difícil, mas Miss Marple felizmente pareceu não notar que a anfitriã falava de um modo um pouco rápido e febril demais, e que a alegria dela era um tanto forçada. A própria Miss Marple era tagarela, estava gostando muito da estada em Dillmouth e... não era emocionante? Alguns amigos de amigos dela escreveram para seus amigos em Dillmouth e, como resultado, ela havia recebido algumas mensagens muito agradáveis, convites dos moradores locais.

— A gente se sente muito menos estranha, se é que me entende, minha querida, quando conhece algumas das pessoas que estão estabelecidas aqui há anos. Por exemplo, vou tomar chá com Mrs. Fane. Ela é viúva do sócio sênior da melhor firma de advogados daqui. Uma empresa familiar bem antiquada. O filho dela está tomando conta, agora.

Ela seguiu falando em um tom fofoqueiro, mas gentil, sobre como sua senhoria era tão amável, e a deixava tão confortável...

— E cozinha deliciosamente bem. Ela esteve durante alguns anos com a minha velha amiga, Mrs. Bantry. Embora ela própria não seja daqui, a tia dela morou em Dillmouth durante muitos anos, e ela e o marido vinham sempre passar férias aqui, por isso ela está inteirada das fofocas locais. A propósito, você está satisfeita com seu jardineiro? Ouvi dizer que ele tem a fama de preguiçoso por aqui... mais conversa do que trabalho.

— Conversar e tomar chá são as especialidades dele — disse Giles. — Ele toma cerca de cinco xícaras de chá por dia. Mas trabalha de modo esplêndido quando estamos olhando.

— Venha ver o jardim — chamou Gwenda.

Mostraram-lhe a casa e o jardim, e Miss Marple fez os comentários adequados. Se Gwenda temia a observação perspicaz da senhorinha de que havia algo errado, então estava enganada. Pois Miss Marple não demonstrava conhecimento de algo incomum.

No entanto, por incrível que pareça, foi Gwenda quem agiu de modo imprevisível. Ela interrompeu Miss Marple no meio de uma pequena anedota sobre uma criança e uma concha para dizer, sem fôlego, a Giles:

— Eu não me importo, vou contar a ela...

Miss Marple virou a cabeça com atenção. Giles começou a falar, mas parou. Enfim, ele disse:

— Bem, o funeral é todo seu, Gwenda.

E então Gwenda lhe disse tudo, de sua visita ao Dr. Kennedy à subsequente visita do doutor, e o que lhes havia dito.

— Foi isso que a senhora quis dizer em Londres, não foi? — perguntou Gwenda, sem fôlego. — A senhora pensou, então, que... que meu pai poderia estar envolvido?

Miss Marple disse, com gentiliza:

— Ocorreu-me a possibilidade... sim. "Helen" pode muito bem ser sua jovem madrasta... e em um caso de... hum... estrangulamento, muitas vezes é o marido que está envolvido.

Miss Marple falava como alguém que observa os fenômenos naturais sem surpresa ou emoção.

— Entendo por que a senhora nos pediu para deixarmos isso de lado — disse Gwenda. — Ah, agora eu gostaria que tivéssemos feito isso. Mas não dá para voltar atrás.

— Não — concordou Miss Marple —, não dá para voltar atrás.

— E agora é melhor você ouvir Giles. Ele tem feito objeções e sugestões.

— Tudo o que digo é — disse Giles — que não se encaixa.

E, com lucidez e clareza, ele repassou os pontos tal como os havia descrito anteriormente para Gwenda.

Então ele anunciou sua teoria final.

— Se você ao menos convencer Gwenda de que essa é a única maneira de as coisas terem acontecido.

Os olhos de Miss Marple passaram dele para Gwenda e vice-versa.

— É uma hipótese perfeitamente razoável — disse ela. — Mas sempre existe, como o senhor mesmo observou, Mr. Reed, a possibilidade X.

— X! — exclamou Gwenda.

— O fator desconhecido — disse Miss Marple. — Alguém, digamos, que ainda não apareceu, mas cuja presença, por trás dos fatos óbvios, pode ser deduzida.

— Vamos para o sanatório em Norfolk onde meu pai morreu — sugeriu Gwenda. — Talvez lá a gente descubra alguma coisa.

Capítulo 10

Histórico de um caso

A Casa Saltmarsh estava localizada em um local agradável a seis milhas da costa. Tinha bom acesso a trens para Londres pela cidade de South Benham, a cinco milhas de distância. Giles e Gwenda foram conduzidos a uma ampla sala de estar arejada, com cobertas de cretone floridas. Uma senhora de aparência muito charmosa e cabelos brancos entrou na sala segurando um copo de leite. Ela os cumprimentou e se sentou perto da lareira. Os olhos dela pousaram pensativos em Gwenda, e logo a senhora se inclinou em sua direção e falou quase em um sussurro:

— *É por causa de sua pobre criança, querida?*

Gwenda ficou um pouco surpresa. Ela respondeu, confusa:

— Não... não. Não é.

— Ah, eu estava me perguntando. — A velha senhora acenou com a cabeça e tomou um gole de leite. Então ela disse, em tom casual: — Às 10h30, essa é a hora. São sempre 10h30. Muito curioso. — Ela baixou a voz e inclinou-se à frente outra vez. — Atrás da lareira — murmurou. — Mas não diga que eu lhe contei.

Naquele momento, uma empregada de uniforme branco entrou na sala e pediu a Giles e Gwenda que a seguissem.

Eles foram conduzidos ao escritório do Dr. Penrose, que se levantou para cumprimentá-los.

Gwenda não pôde deixar de pensar que o Dr. Penrose também parecia um pouco louco. Ele parecia, aliás, muito mais louco do que a simpática velhinha na sala de estar, mas talvez os psiquiatras sempre parecessem um pouco insanos.

— Recebi sua carta e a do Dr. Kennedy — disse o Dr. Penrose. — E estive pesquisando o histórico de seu pai, Mrs. Reed. Eu me lembrava muito bem do caso dele, é claro, mas queria refrescar a memória para poder lhe contar tudo o que a senhora queria saber. Pelo que entendi, a senhora tomou conhecimento dos fatos só há pouco tempo?

Gwenda explicou que fora criada na Nova Zelândia pelos parentes da mãe e que tudo o que sabia sobre o pai era que ele morrera em um lar de idosos na Inglaterra.

O Dr. Penrose assentiu.

— Isso mesmo. O caso de seu pai, Mrs. Reed, apresentava algumas características bastante peculiares.

— Como por exemplo? — perguntou Giles.

— Bem, a obsessão, ou ilusão, era muito forte. O Major Halliday, embora estivesse claramente em um estado muito nervoso, foi bem enfático e categórico ao afirmar que havia estrangulado a segunda esposa em um acesso de ciúme. Muitos dos sinais habituais em casos como esse estavam ausentes, e não me importo de lhe dizer com sinceridade, Mrs. Reed, que, se não fosse a garantia do Dr. Kennedy de que Mrs. Halliday estava realmente viva, eu teria, naquele momento, acreditado na confissão de seu pai.

— O senhor teve a impressão de que ele de fato a matou? — perguntou Giles.

— Eu disse "naquele momento". Mais tarde, tive motivos para revisitar minha opinião, à medida que o caráter e a constituição mental do Major Halliday se tornaram mais familiares para mim. Seu pai, Mrs. Reed, definitivamente não era do tipo paranoico. Ele não tinha delírios de perseguição, nem impulsos de violência. Era um indivíduo gentil, bondoso e controlado. Não era o que o mundo chama de louco, nem era perigoso para os outros. Mas tinha essa fixação obstinada a respeito da morte de Mrs. Halliday e, para explicar a origem disso, estou bastante convencido de que teríamos que recuar muito no passado, até alguma vivência da infância. Mas admito que todos os métodos de análise falharam em nos dar a pista certa. Quebrar a resistência de um paciente à análise por vezes é uma tarefa muito demorada. Pode levar vários anos. No caso de seu pai, o tempo foi insuficiente. — Ele fez uma pausa e depois, erguendo o olhar com rapidez, disse: — A senhora sabe, presumo, que o Major Halliday cometeu suicídio.

— Ah, *não!* — gritou Gwenda.

— Sinto muito, Mrs. Reed. Achei que a senhora soubesse. A senhora tem o direito, talvez, de nos atribuir alguma culpa por esse acontecimento. Admito que uma vigilância adequada o teria evitado. Mas, francamente, não vi sinais de que o Major Halliday fosse um tipo suicida. Ele não mostrava qualquer tendência à melancolia, qualquer lamentação ou desânimo. Ele reclamou de insônia, e meu colega permitiu-lhe uma certa quantidade de comprimidos para dormir. Embora fingisse tomá-los, ele os guardou até acumular uma quantia suficiente e... — O doutor ergueu as mãos.

— Ele estava tão infeliz assim?

— Não, eu não acho que estivesse. Foi algo a mais, devo supor, um complexo de culpa, um desejo de que uma punição fosse executada. Ele havia insistido no começo, sabe, em chamar a polícia e, ainda que tivesse sido persuadido a não fazer isso, e sido assegurado de que não havia de fato cometido crime algum, ele se recusava a ficar convencido por completo. Contudo, a inocência dele lhe foi provada repetidas vezes, e ele precisou admitir que não tinha lembrança alguma de ter cometido o ato em si. — O Dr. Penrose mexeu em alguns papéis diante dele. — O relato da noite em questão nunca variava. Ele entrou na casa, dizia ele, e estava escuro. Os criados estavam fora. Ele entrou na sala de jantar, como sempre fazia, serviu-se de um drinque e o bebeu, então atravessou a porta que conectava à sala de estar. Após isso, não se lembrava de mais nada, nada mesmo, até que estivesse de pé no

próprio quarto, olhando para a esposa a seus pés, morta...
estrangulada. Ele sabia que havia feito aquilo...

Giles o interrompeu:

— Desculpe-me, Dr. Penrose, mas *como* ele sabia que havia feito aquilo?

— Não havia dúvida na cabeça dele. Já havia alguns meses que vinha alimentando suspeitas fortes e melodramáticas. Ele dizia, por exemplo, que estava convencido de que a esposa lhe administrava alguma droga. Ele havia, é claro, morado na Índia, e a prática das mulheres de enlouquecer os maridos com veneno de datura é comum em tribunais por lá. Ele negava veementemente que suspeitasse da infidelidade da esposa, mas, mesmo assim, acho que foi essa a força motivadora. Parece que o que de fato aconteceu foi que ele entrou na sala, leu o bilhete que a esposa deixou dizendo que estava indo embora e que a maneira que encontrou de escapar desse fato foi preferir "matá-la". Daí a alucinação.

— Quer dizer que ele gostava muito dela? — perguntou Gwenda.

— Obviamente, Mrs. Reed.

— E ele nunca reconheceu que era uma alucinação?

— Ele teve que reconhecer que poderia ter sido, mas a crença interior permaneceu inabalável. A obsessão era forte demais para ceder à razão. Se tivéssemos conseguido descobrir a obsessão infantil subjacente...

Gwenda o interrompeu. Ela não estava interessada em fixações infantis.

— Mas o senhor diz que *tem certeza* de que ele... de que ele não fez isso?

— Ah, se é isso que a preocupa, Mrs. Reed, pode tirar isso da cabeça. Kelvin Halliday, por mais ciumento que pudesse ser com a esposa, decididamente não era um assassino.

O Dr. Penrose tossiu e pegou um livrinho preto e surrado.

— Se desejar, Mrs. Reed, a senhora é a pessoa adequada para receber este pertence. Contém várias anotações feitas por seu pai durante o tempo em que esteve aqui. Quando entregamos os bens dele ao executor (na verdade, uma firma de advogados), o Dr. McGuire, então superintendente, manteve isso como parte do histórico do caso. O caso de seu pai, a senhora sabe, aparece no livro do Dr. McGuire. Apenas com as iniciais, é claro. Mr. K.H. Se a senhora quiser este diário...

Gwenda estendeu a mão ansiosamente.

— Obrigada — disse ela. — Eu gostaria muito.

No trem de volta a Londres, Gwenda pegou o livrinho preto surrado e começou a ler.

Ela o abriu ao acaso. Kelvin Halliday havia escrito:

Suponho que esses médicos sabem o que fazem...

...Tudo parece bobagem. Eu estava apaixonado pela minha mãe? Odiava meu pai? Não acredito em uma palavra sequer... Não posso deixar de sentir que este é um simples caso de polícia, de um tribunal criminal, e não um caso maluco de manicômio. E ainda assim... algumas dessas pessoas aqui... soam tão naturais, tão razoáveis... assim como todo mundo... exceto quando você de repente se depara com algo fora da curva. Muito bem, então, parece que eu também tenho algo fora da curva...

Escrevi para James... encorajei-o a se comunicar com Helen... Deixe ela vir e me ver em carne e osso se estiver viva... Ele diz que não sabe onde ela está... isso é porque ele sabe que ela está morta e que eu a matei... ele é um bom sujeito, mas não estou enganado...

Helen está morta...

Quando comecei a suspeitar dela? Muito tempo atrás

...Assim que chegamos a Dillmouth... Os modos dela mudaram... Ela estava escondendo alguma coisa... Eu a observava... Sim, e ela me observava...

Ela colocava drogas na minha comida? Aqueles pesadelos estranhos e horríveis. Não são sonhos comuns... pesadelos vívidos... Eu sei que foram drogas... Só ela poderia ter feito isso... Por quê...? Há algum homem...

Algum homem de quem ela tinha medo...

Vou ser honesto. Suspeitei, não foi, de que ela tivesse um amante? Havia alguém... sei que havia alguém... Ela me disse isso no navio... Alguém que ela amava e com quem não podia se casar... Foi o mesmo para nós dois... Eu não conseguia esquecer Megan... Como a pequena Gwennie se parece com Megan às vezes. Helen brincou com Gwennie com tanta doçura no navio... Helen... Você é tão adorável, Helen...

Helen está viva? Ou coloquei minhas mãos em volta da garganta dela e a sufoquei até a morte? Passei pela porta da sala de jantar e vi o bilhete, apoiado na mesa, e então... e então... é tudo um borrão... só escuridão. Mas não há dúvida quanto a isso... Eu a matei... Graças a Deus Gwennie está bem na Nova Zelândia. Eles são boas pessoas. Eles vão amá-la pelo bem de Megan. Megan... Megan, como eu gostaria que você estivesse aqui...

É o melhor... Nenhum escândalo... O melhor para a criança. Eu não posso continuar. Não ano após ano. Devo seguir o caminho mais curto. Gwennie nunca saberá nada sobre isso. Ela nunca saberá que o pai era um assassino...

As lágrimas embaçaram o olhar de Gwenda. Ela olhou para Giles, sentado à frente. Mas os olhos dele estavam fixos no canto oposto.

Ciente do escrutínio de Gwenda, ele fez um leve gesto com a cabeça.

Seu companheiro de viagem estava lendo um jornal vespertino. Do lado de fora, apresentando-se claramente à visão deles, havia uma manchete melodramática: QUEM ERAM OS HOMENS EM SUA VIDA?

Aos poucos, Gwenda assentiu com a cabeça. Ela olhou para o diário.

Havia alguém... eu sei que havia alguém...

Capítulo 11

Os homens em sua vida

Miss Marple atravessou a praça e caminhou pela rua principal, subindo a colina perto das galerias. As lojas ali eram antiquadas. Uma loja de artigos de lã e bordados, uma confeitaria, uma loja de lenços e tecidos para mulheres com aspecto vitoriano, e outras do mesmo tipo.

Ela olhou pela vitrine da loja de bordados. Duas jovens vendedoras estavam ocupadas com os clientes, mas uma senhora idosa nos fundos da loja estava livre.

Miss Marple abriu a porta e entrou. Sentou-se ao balcão, e a assistente, uma mulher simpática de cabelos grisalhos, perguntou:

— O que posso fazer pela senhora?

Ela queria um pouco de lã azul-clara para tricotar um casaquinho de bebê. O atendimento foi tranquilo e sem pressa. Discutiram padrões, Miss Marple examinou vários livros de tricô infantil e, durante o processo, falou sobre seus sobrinhos-netos. Nem ela nem a assistente demonstraram impaciência. A assistente atendia clientes como Miss Marple havia muitos anos. Ela preferia essas velhinhas gentis, fofoqueiras e desconexas às jovens mães impacientes e um tanto indelicadas, que não sabiam o que queriam e tinham gosto pelo que fosse mais barato e ostentoso.

— Sim — disse Miss Marple. — Acho que isso será realmente muito bom. E sempre achei essa marca muito confiável. Realmente, não encolhe. Acho que vou querer mais dois novelos.

Enquanto embrulhava o pacote, a atendente comentou que o vento estava muito frio naquele dia.

— Sim, de fato, notei isso quando vim andando pela rua. Dillmouth mudou bastante. Não venho aqui há, deixe-me ver, quase dezenove anos.

— É mesmo, senhora? Então a senhora encontrará muita coisa mudada. Suponho que o hotel Superb não havia sido construído naquela época, nem o Southview?

— Ah, não, era um lugar bem pequeno. Eu fiquei hospedada com amigos... Uma casa chamada St. Catherine, talvez a senhora conheça? Na estrada de Leahampton.

Mas a assistente estava em Dillmouth havia apenas dez anos.

Miss Marple agradeceu, pegou o pacote, e foi até a loja ao lado. Ali, novamente, ela escolheu uma assistente idosa. A conversa correu mais ou menos na mesma linha, enquanto falavam de coletes de verão. Desta vez, a assistente respondeu de pronto:

— Essa devia ser a casa de Mrs. Findeyson.

— Sim... sim. Embora os meus amigos a tenham alugado mobiliada. Um certo Major Halliday, a esposa dele e a bebezinha.

— Ah, sim, senhora. Eles ficaram nela por cerca de um ano, acho.

— Sim. Ele havia voltado da Índia. Eles tinham uma cozinheira muito boa... ela me deu uma receita maravilhosa para pudim de maçãs assadas... e também, acho, para biscoito de gengibre. Eu me pergunto o que aconteceu com ela.

— Imagino que a senhora esteja se referindo a Edith Pagett, senhora. Ela ainda vive em Dillmouth. Ela está trabalhando agora... na Cabana Windrush.

— E havia também outras pessoas... os Fane. Acho que ele era advogado!

— O velho Mr. Fane morreu alguns anos atrás... o jovem Mr. Fane, Mr. Walter Fane, mora com a mãe. Mr. Walter Fane nunca se casou. Ele é o sócio majoritário agora.

— É mesmo? Eu achava que Mr. Walter Fane havia partido para a Índia... para plantar chá ou algo assim.

— Creio que sim, senhora. Quando era rapaz. Mas voltou para casa e entrou na firma cerca de um ou dois anos depois. Eles cuidam de todos os negócios importantes daqui... são muito bem-conceituados. Um cavalheiro muito quieto e gentil, Mr. Walter Fane. Todos gostam dele.

— Ah, lembrei — exclamou Miss Marple. — Ele estava noivo de uma Miss Kennedy, não estava? E então ela rompeu com ele e se casou com o Major Halliday.

— Isso mesmo, senhora. Ela viajou para a Índia para se casar com Mr. Fane, mas parece que ela mudou de ideia e se casou com outro cavalheiro em vez dele. — Um leve tom de censura surgiu na voz da atendente.

Miss Marple inclinou-se à frente e baixou a voz:

— Sempre tive muita pena do pobre Major Halliday. Eu conhecia a mãe dele. E a filhinha. Creio que a segunda esposa o abandonou. Fugiu com alguém. Ela era um tipo meio escorregadio, receio.

— Ela era meio cabecinha-oca. E o irmão dela, o médico, um homem muito gentil. Fez um bom trabalho com meu reumatismo.

— Com quem foi que ela fugiu? Eu nunca soube.

— Isso eu não saberia dizer, senhora. Alguns dizem que foi com um dos veranistas. Mas sei que o Major Halliday ficou arrasado. Ele se mudou daqui e creio que a saúde não resistiu. Seu troco, senhora.

Miss Marple aceitou o troco e o pacote.

— Muito obrigada — disse ela. — Eu me pergunto se... Edith Pagett, você disse? Se ela ainda tem aquela bela receita de biscoito de gengibre... Eu a perdi, ou melhor, minha empregada descuidada a perdeu, e adoro um bom biscoito de gengibre.

— Creio que sim, senhora. Na verdade, a irmã dela mora aqui ao lado, casada com Mr. Mountford, o confeiteiro. Edith vai lá nos dias de folga, e tenho certeza de que Mrs. Mountford lhe passaria o recado.

— Essa é uma boa ideia. *Muito* obrigada por toda a atenção.

— Foi um prazer, senhora. Eu lhe garanto.

Miss Marple saiu para a rua.

— Uma boa loja à moda antiga — disse ela a si mesma. — E os coletes são realmente muito bons, então não é como se eu tivesse jogado dinheiro fora. — Ela olhou para o relógio esmaltado de azul-claro que usava preso ao lado do vestido. — Faltam ainda cinco minutos até eu encontrar aqueles dois jovenzinhos no Gato Ruivo. Espero que não tenham descoberto coisas muito perturbadoras no hospício.

Giles e Gwenda sentaram-se juntos a uma mesa de canto no Gato Ruivo. O caderninho preto repousava sobre a mesa.

Miss Marple veio da rua e se juntou a eles.

— O que vai querer, Miss Marple? Café?

— Sim, obrigada… não, bolo não, apenas um pãozinho doce e manteiga.

Giles fez o pedido, e Gwenda empurrou o caderninho preto ao longo da mesa para Miss Marple.

— Primeiro a senhora precisa ler isso — disse ela —, e depois podemos conversar. É o que meu pai… o que ele mesmo escreveu quando estava na clínica. Ah, mas antes de mais nada, apenas conte a Miss Marple tudo o que o Dr. Penrose disse, Giles.

Giles fez isso. Então Miss Marple abriu o livrinho preto e a garçonete trouxe três xícaras de café fraco, um pãozinho com manteiga e um prato de bolos. Giles e Gwenda não conversaram. Eles observaram Miss Marple enquanto ela lia.

Finalmente ela fechou o livro e o largou. Sua expressão era difícil de decifrar. Havia raiva nela, refletiu Gwenda. Os lábios estavam pressionados com força e os olhos brilhavam com intensidade, o que era incomum, considerando a idade dela.

— Sim, de fato — disse ela. — Sim, de fato!

— A senhora nos aconselhou uma vez... lembra? — perguntou Gwenda. — A não continuarmos. Consigo ver por que a senhora disse isso. Mas nós continuamos, e foi aqui que chegamos. Só que agora parece que chegamos a outro ponto em que poderíamos, se quiséssemos, parar... A senhora acha que deveríamos parar? Ou não?

Miss Marple balançou a cabeça de leve. Ela parecia preocupada, perplexa.

— Eu não sei — respondeu. — Eu realmente não sei. Talvez fosse melhor se fizessem isso, muito melhor. Porque, depois de tanto tempo, não há nada que vocês possam fazer... nada, digo, de natureza construtiva.

— A senhora quer dizer que, após todo esse tempo, não há nada que possamos descobrir? — perguntou Giles.

— Ah, não — disse Miss Marple. — Não quis dizer isso de *modo algum*. Dezenove anos não é tanto tempo assim. Há pessoas que vão se lembrar das coisas, que podem responder a perguntas... muitas pessoas. Criados, por exemplo. Deveria haver ao menos *dois* criados na casa naquele tempo, *além* de uma babá, e provavelmente um jardineiro. Vai apenas levar um tempo e dar um pouco de trabalho encontrar e falar com essas pessoas. Na verdade, eu já encontrei uma delas. A cozinheira. Não, não era essa a questão. Era mais no sentido de qual benefício, na prática, vocês podem vir a extrair disso, e estou inclinada a dizer que... nenhum. Mas mesmo assim... — Ela fez uma pausa. — *Existe* um, mas... sou um pouco lenta para encontrar soluções, porém tenho a sensação de que tem alguma coisa... alguma coisa, talvez, não muito tangível... pela qual valeria a pena arriscar, ou pela qual até mesmo fosse um *dever* arriscar, mas tenho dificuldade em dizer a vocês o que seria exatamente...

Giles começou a falar:

— Parece-me que... — E parou.

Miss Marple voltou-se para ele com gratidão.

— Os cavalheiros — disse ela — sempre parecem capazes de expor as coisas com clareza. Tenho certeza de que o senhor já encontrou uma boa linha de raciocínio.

— Estive pensando em algumas coisas — comentou Giles.

— E me parece que há apenas duas conclusões a que se pode chegar. Uma é a mesma que sugeri antes. Helen Halliday não estava morta quando Gwennie a viu deitada no corredor. Ela voltou a si e foi embora com o amante, quem quer que fosse. Isso ainda se encaixaria aos fatos como os conhecemos. Estaria de acordo com a crença enraizada de Kelvin Halliday de que ele havia matado a esposa, e de acordo com a mala, as roupas desaparecidas e o bilhete que o Dr. Kennedy encontrou. Mas deixa certos pontos sem explicação. Isso não justifica por que Kelvin estava convencido de que havia estrangulado a esposa *no quarto*. E não responde àquela questão que, em minha opinião, é realmente surpreendente: *onde está Helen Halliday agora?* Porque me parece não fazer sentido algum que Helen nunca tenha sido vista de novo. Admitindo-se que as duas cartas que ela escreveu sejam genuínas, o que aconteceu *depois* disso? Por que nunca mais entrou em contato? Ela tinha uma relação afetuosa com o irmão, ele obviamente era bastante ligado a ela, sempre foi. Ele podia desaprovar a conduta dela, mas isso não significa que esperasse nunca mais ouvir falar da irmã. E, se me perguntarem, esse ponto sem dúvida tem preocupado o próprio Kennedy. Digamos que na época ele tenha aceitado por completo a história que nos contou. Sobre a irmã ter ido embora e o colapso de Kelvin. Mas ele não esperava nunca mais ouvir falar dela. Acho que, com o passar dos anos, como ela não entrou mais em contato, e como Kelvin Halliday persistiu na ilusão dele até cometer suicídio, uma dúvida terrível começou a surgir na mente dele. Supondo que a história de Kelvin *fosse* verdadeira... Que ele de fato *tivesse* matado Helen... Não havia notícias dela, e, certamente, se ela tivesse morrido em algum lugar no exterior, a notícia teria chegado até ele. Acho que isso explicaria a ansiedade dele ao ver nosso anúncio. Ele esperava que isso pudesse levar a algum relato sobre onde ela estava, ou o que ela estava fazendo. Tenho certeza de que não é natural alguém desaparecer de forma tão... tão *completa* quanto Helen parece ter desaparecido. Isso, por si só, é altamente suspeito.

— Concordo com você — disse Miss Marple. — Mas qual é a alternativa, Mr. Reed?

— Tenho pensado em uma — respondeu Giles, devagar. — É fantasiosa, sabe, e até bastante assustadora. Porque envolve, como direi, uma forma de malevolência...

— Sim — concordou Gwenda. — Malevolência é a palavra certa. E até mesmo, acho eu, algo que seria um pouco doentio... — Ela teve um calafrio.

— Acho que isso fica implícito — disse Miss Marple. — Vocês sabem, há muitas... bem, esquisitices... mais do que as pessoas imaginam. Já vi um pouco disso...

O rosto dela estava pensativo.

— Vejam bem, não há como existir uma explicação *normal* — disse Giles. — Adoto agora a fantástica hipótese de que Kelvin Halliday *não matou* a esposa, mas *acreditou* que a tivesse matado. É nisso que o Dr. Penrose, que parece ser um sujeito decente, obviamente queria acreditar. A primeira impressão que teve de Halliday foi a de que ali estava um homem que havia matado a esposa e queria se entregar à polícia. Então ele precisou acreditar na palavra de Kennedy de que não era o caso, e foi forçado a crer que Halliday era vítima de um complexo ou de uma fixação, ou qualquer que seja o jargão, mas não *gostou* dessa solução. Ele tinha uma boa experiência com casos do tipo, e Halliday não se encaixava neles. No entanto, ao conhecer Halliday melhor, ele teve a certeza genuína de que Halliday não era o tipo de homem que estrangularia uma mulher sob qualquer provocação. Assim, ele aceitou a teoria da fixação, mas com algum receio. E isso realmente significa que apenas uma teoria se adequará ao caso: Halliday foi induzido a acreditar que tinha matado a esposa, por *outra pessoa*. Em outras palavras, chegamos a X. Examinando os fatos com muito cuidado, eu diria que essa hipótese é, ao menos, *possível*. Segundo o próprio relato, Halliday entrou em casa naquela noite, foi até a sala de jantar, tomou um drinque *como sempre fazia*, depois foi para a sala ao lado, viu um bilhete sobre a mesa e teve um apagão...

Giles fez uma pausa, e Miss Marple assentiu com aprovação. Ele continuou:

— Digamos que não tenha sido um apagão, e que ele tenha sido dopado, com gotinhas de algo no uísque. O próximo passo fica bastante claro, não é? X estrangula Helen no corredor, mas depois a leva para cima e a arruma artisticamente *como um crime passional* na cama, e é onde Kelvin está quando ele acorda. E o pobre diabo, que pode estar sofrendo de ciúme, pensa que foi ele quem fez isso. O que ele faz a seguir? Sai em busca do cunhado, do outro lado da cidade, a pé. E isso dá a X tempo para o próximo truque. Arrumar e levar embora uma mala de roupas, e também remover o corpo, embora o que ele fez com o corpo — concluiu Giles, irritado — me escapa por completo.

— Surpreende-me que o senhor diga isso, Mr. Reed — disse Miss Marple. — Eu diria que esse problema apresentaria poucas dificuldades. Mas, por favor, continue.

— *Quem eram os homens na vida dela*? — citou Giles. — Vi isso em uma manchete de jornal quando voltávamos para o trem. Deixou-me pensando, porque esse é de fato o ponto da questão, não é? Se *existe* um X, como acreditamos, tudo o que sabemos dele é que devia ser louco por ela... literalmente louco por ela.

— E, portanto, odiava meu pai — acrescentou Gwenda. — E queria que ele sofresse.

— É aí que está o problema — disse Giles. — Sabemos que tipo de garota Helen era... — Ele hesitou.

— Obcecada por homens — completou Gwenda.

Miss Marple pareceu que iria falar algo, mas parou.

— ...e linda. Mas não fazemos ideia de quais outros homens havia na vida dela além do marido. Podem ter sido muitos.

Miss Marple balançou a cabeça.

— Dificilmente. Ela era bem jovem, vocês sabem. Mas o senhor não está sendo muito preciso, Mr. Reed. Sabemos algo sobre o que você chamou de "os homens na vida dela". Havia o homem com quem ela ia se casar...

— Ah, sim... o advogado? Qual era o nome dele?

— Walter Fane — disse Miss Marple.

— Sim. Mas você não pode levá-lo em conta. Ele estava na Malásia ou na Índia ou em algum lugar assim.

— Estava mesmo? Ele não continuou como plantador de chá, sabem — observou Miss Marple. — Voltou para cá e entrou na firma, e agora é o sócio majoritário.

— Talvez ele a tenha seguido até aqui? — questionou Gwenda.

— Pode ter feito isso. Não sabemos.

Giles estava olhando com curiosidade para a velha senhora.

— Como a senhora descobriu tudo isso?

Miss Marple sorriu, desculpando-se.

— Estive fofocando um pouco. Nas lojas... e enquanto esperava o ônibus. As pessoas já esperam que velhas senhoras sejam curiosas. Sim, é possível se inteirar de várias notícias locais.

— Walter Fane — disse Giles, pensativo. — Helen o rejeitou. Isso pode tê-lo irritado bastante. Ele chegou a se casar?

— Não — respondeu Miss Marple. — Ele mora com a mãe. Vou tomar chá lá no fim de semana.

— Sabemos de mais alguém também — disse Gwenda, de repente. — Lembrem-se de que havia alguém de quem ela ficou noiva ou com quem se envolveu quando saiu da escola... alguém indesejável, segundo o Dr. Kennedy. Eu me pergunto por que ele seria indesejável...

— São dois homens — falou Giles. — Qualquer um deles pode ter ficado ressentido, com raiva... Talvez o primeiro pudesse ter algum histórico mental problemático.

— O Dr. Kennedy poderia nos dizer isso — sugeriu Gwenda.

— Só que vai ser um pouco difícil perguntar a ele. Quer dizer, tudo bem eu ir até lá e pedir notícias de minha madrasta, de quem quase não me lembro. Mas vai demorar um pouco para explicar por que eu quero saber sobre os primeiros casos amorosos dela. Parece um interesse excessivo por uma madrasta que eu mal conhecia.

— Provavelmente há outras maneiras de descobrir isso — disse Miss Marple. — Ah, sim, acho que com tempo e paciência podemos reunir as informações que desejamos.

— De qualquer forma, temos duas possibilidades — afirmou Giles.

— Creio que poderíamos inferir uma terceira — acrescentou Miss Marple. — Seria, claro, pura hipótese, mas justificada, penso eu, pelo rumo dos acontecimentos. — Gwenda e Giles olharam para ela com leve surpresa. — É apenas uma inferência — continuou, ficando um pouco vermelha. — Helen Kennedy foi para a Índia para se casar com o jovem Fane. É certo que ela não estava perdidamente apaixonada, mas devia gostar dele e estar preparada para passar a vida com ele. No entanto, assim que chegou lá, ela rompeu o noivado e telegrafou ao irmão para lhe enviar dinheiro para voltar para casa. Agora, por quê?

— Mudou de ideia, suponho — respondeu Giles.

Tanto Miss Marple quanto Gwenda olharam para ele com leve desprezo.

— É claro que ela mudou de ideia — disse Gwenda. — Nós sabemos isso. O que Miss Marple quer dizer é... por quê?

— Suponho que as moças mudam de ideia — comentou Giles.

— *Sob certas circunstâncias* — completou Miss Marple.

Essas palavras continham todas as insinuações incisivas que as senhoras idosas conseguem produzir com o mínimo de declarações reais.

— Talvez ele tenha feito alguma coisa... — sugeriu Giles, quando Gwenda interveio abruptamente.

— Mas é claro — disse ela. — Outro homem!

Ela e Miss Marple entreolharam-se com a segurança de quem é admitido em uma maçonaria da qual os homens são excluídos.

Gwenda acrescentou, resoluta:

— No navio! Na ida!

— A proximidade... — disse Miss Marple.

— O luar no convés do navio — completou Gwenda. — Essa coisa toda. Mas... deve ter sido sério... não apenas um flerte.

— Ah, sim — disse Miss Marple —, acho que foi sério.

— Se sim, por que ela não se casou com o sujeito? — indagou Giles.

— Talvez ele não gostasse dela de verdade — disse Gwenda, devagar. Então balançou a cabeça. — Não, acho que nesse caso ela ainda teria se casado com Walter Fane. Ah, claro, estou sendo burra. Era um homem casado.

Ela olhou triunfante para Miss Marple, que disse:

— Exato. É assim que eu imagino. Eles se apaixonaram, provável que desesperadamente. Mas se ele fosse um homem casado, com filhos, talvez, e um tipo honrado, bem, isso seria o fim de tudo.

— Só que ela não poderia se casar com Walter Fane — disse Gwenda. — Então ela telegrafou para o irmão e foi para casa. Sim, tudo se encaixa. E no navio para casa, conheceu meu pai... — Ela fez uma pausa, pensando. — Não se apaixonaram perdidamente — continuou. — Mas houve uma atração... e lá estava eu. Os dois estavam infelizes... e eles consolaram um ao outro. Meu pai contou a ela sobre minha mãe, e talvez ela tenha contado a ele sobre o outro homem... Sim, claro... — Ela folheou as páginas do diário.

*"Eu sei que havia alguém... Ela me disse isso no navio...
Alguém que ela amava e com quem não podia se casar."*

— Sim, é isso. Helen e meu pai achavam que eram parecidos, e havia eu para ser cuidada, e ela achava que poderia fazê-lo feliz... e até pensou, talvez, que ela mesma ficaria muito feliz no final. — Gwenda parou, acenou violentamente com a cabeça para Miss Marple e concluiu, alegre: — É isso.

Giles parecia exasperado.

— Sério, Gwenda, você inventa um monte de coisas e finge que elas realmente aconteceram.

— Elas aconteceram. Devem ter acontecido. E isso nos dá uma terceira pessoa para X.

— Você quer dizer...?

— O homem casado. Não sabemos como ele era. Ele pode não ter sido gentil. Pode ter ficado um pouco bravo. Pode tê-la seguido até aqui...

— Você acabou de descrevê-lo como alguém que estava viajando para a Índia.

— Bem, as pessoas podem voltar da Índia, não podem? Walter Fane voltou. Foi quase um ano depois. Não digo que esse homem tenha *de fato* voltado, mas digo que é uma possibilidade. Você fica insistindo sobre quem eram os homens na vida dela. Bem, temos três deles. Walter Fane, um jovem cujo nome não sabemos e um homem casado...

— Que não sabemos se existe — concluiu Giles.

— Vamos descobrir — disse Gwenda. — Não é mesmo, Miss Marple?

— Com tempo e paciência — respondeu ela —, poderemos descobrir muita coisa. Agora, minha contribuição. Como resultado de uma conversa muito fortuita hoje na loja de tecidos, descobri que Edith Pagett, que era cozinheira em St. Catherine na época que nos interessa, ainda mora em Dillmouth. A irmã dela é casada com um confeiteiro daqui. Acho que seria bastante natural, Gwenda, se você quisesse vê-la. Ela pode nos contar muitas coisas.

— Isso é maravilhoso! — exclamou a jovem. — Pensei em outra coisa — acrescentou. — Vou fazer um novo testamento. Não fique tão sério, Giles, ainda deixarei meu dinheiro para você. Mas vou pedir a Walter Fane que faça isso por mim.

— Gwenda — disse Giles. — Tenha cuidado.

— Fazer um testamento — argumentou Gwenda — é algo muito normal. E a linha de abordagem que pensei é muito boa. De qualquer forma, quero vê-lo. Quero ver como ele é, e se acho que seria possível...

Ela deixou a frase inacabada.

— O que me surpreende — disse Giles —, é que ninguém mais respondeu a nosso anúncio... esta Edith Pagett, por exemplo...

Miss Marple balançou a cabeça.

— As pessoas demoram muito para se decidirem sobre algo assim nesses distritos rurais — disse ela. — São desconfiadas. Gostam de pensar sobre as coisas.

Capítulo 12

Lily Kimble

Lily Kimble espalhou alguns jornais velhos sobre a mesa da cozinha, preparando-se para secar as batatas cortadas que fritavam no fogo. Cantarolando uma melodia popular do momento fora do tom, ela inclinou-se à frente, lendo a esmo as notícias espalhadas diante dela.

Então, de súbito, parou de cantarolar e chamou:

— Jim... Jim. Escuta só isso.

Jim Kimble, um idoso de poucas palavras, lavava o rosto na pia da copa. Para responder à esposa, ele usava seu monossílabo favorito.

— É? — disse Jim Kimble.

— Um anúncio no jornal. "Quem tiver conhecimento de uma Helen Spenlove Halliday, nascida Kennedy, favor comunicar-se com Mr. e Mrs. Rees e Hardy, em Southampton Row"! Parece-me que estão se referindo a Mrs. Halliday para quem eu trabalhei em St. Catherine. Alugavam de Mrs. Findeyson, ela e o marido. O nome *dela* era Helen, isso é certo... Sim, e ela era irmã do Dr. Kennedy, aquele que sempre dizia que eu deveria tirar minhas adenoides.

Houve uma pausa momentânea conforme Mrs. Kimble cuidava das batatas fritando com habilidade. Jim Kimble secava o rosto esfregando-o na toalha.

— Claro, esse jornal é velho — continuou Mrs. Kimble. Ela analisou a data. — De quase uma semana ou mais. Pergunto-me sobre o que seria isso tudo? Será que tem algum dinheiro nisso, Jim?

— É... — disse Mr. Kimble, de modo evasivo.

— Pode ser um testamento ou algo assim — especulou a esposa. — Foi há bastante tempo.

— É.

— Dezoito anos ou mais, eu acho... Pergunto-me por que estão escarafunchando isso tudo agora... Acha que pode ser coisa da *polícia*, Jim?

— E se for? — perguntou Mr. Kimble.

— Bem, você sabe o que sempre pensei — respondeu Mrs. Kimble misteriosamente. — Eu lhe disse na época, quando estávamos saindo. Fingindo que ela tinha fugido com um sujeito. Isso é o que dizem os maridos quando matam as esposas. Pode ter certeza, foi assassinato. Foi o que eu disse a você e o que disse a Edie, mas Edie, ela não aceitava isso de jeito algum. Não tinha imaginação, a Edie. Aquelas roupas que ela supostamente levou consigo... bem, não estava certo, se é que você me entende. Havia uma mala e uma sacola, e roupas suficientes para enchê-las, mas aquelas roupas não estavam certas. E foi então que falei pra Edie: "Pode ter certeza", eu disse, "o patrão a matou e a colocou no porão". Só que não realmente no porão, porque aquela tal Layonee, a enfermeira suíça, viu alguma coisa. Pela janela. Ela tinha ido ao cinema comigo, mesmo que ela não devesse ter deixado a criança sozinha, mas olha só, eu falei para ela, a menina não acordava nunca. Ficava na cama a noite toda. "E a patroa nunca vai no quarto da menina de noite", falei. "Ninguém vai saber se você sair comigo." Então ela foi. E, quando voltamos, havia uma grande confusão acontecendo. O médico estava lá, e o patrão estava doente e dormindo no vestíbulo, e o médico cuidando dele, e foi então que ele me perguntou sobre as roupas, e na hora parecia tudo normal. Achei que ela tinha fugido com aquele sujeito de quem tanto gostava, que também era casado, e Edie disse que pedia

100 · AGATHA CHRISTIE ·

e rezava para que não nos envolvêssemos em um caso de divórcio. Agora, qual era o nome dele? Não consigo me lembrar. Começava com M... ou era um R? Deus que me perdoe, a memória da gente desaparece.

Mr. Kimble veio da copa e, ignorando todos os assuntos de menor importância, perguntou se o jantar estava pronto.

— Vou apenas secar as batatas fritas... Espere, vou pegar outro jornal. É melhor guardar esse aqui. Não deve ser da polícia... não depois de todo esse tempo. Talvez sejam advogados e tenha algum dinheiro nisso. Isso não *explica* nada... mas pode valer a pena... Queria ter alguém para quem perguntar. Diz para escrever para um endereço em Londres... mas não tenho certeza se gostaria de fazer uma coisa assim... não para gente em Londres que não conheço... O que você me diz, Jim?

— É — disse Mr. Kimble, olhando avidamente para o peixe com batata frita.

A discussão foi adiada.

Capítulo 13

Walter Fane

Gwenda olhou para Mr. Walter Fane ao longo da ampla mesa de mogno.

Ela viu um homem de aparência bastante cansada, de cerca de 50 anos, com um rosto gentil e indefinido. "O tipo de homem", pensou Gwenda, "do qual você acharia um pouco difícil se lembrar caso o conhecesse casualmente..." Um homem que, em termos modernos, carecia de personalidade. A voz dele, quando falava, era lenta, cuidadosa e agradável. "Provavelmente", pensou Gwenda, "um advogado muito bom."

Ela deu uma olhada ao redor do escritório, o do sócio sênior da firma. Combinava com Walter Fane, concluiu. Era antiquado, e os móveis eram surrados, mas eram feitos de material vitoriano firme e de boa qualidade. Havia caixas de escrituras empilhadas contra as paredes, com nomes respeitáveis do condado. Sir John Vavasour-Trench. Mrs. Jessup. Arthur ffoulkes, fidalgo, falecido.

As grandes janelas de guilhotina, cujas vidraças estavam bem sujas, davam para um quintal quadrado ladeado pelas sólidas paredes de uma casa contígua do século XVII. Não havia algo da moda ou atual em parte alguma, mas também não havia qualquer coisa sórdida. À primeira vista, era um escritório desarrumado, com caixas empilhadas, uma mesa lotada e a fileira de livros tortos de Direito sobre uma prateleira — mas era o tipo de escritório de alguém que sabia exatamente onde procurar qualquer coisa que quisesse...

O arranhar da caneta de Walter Fane cessou. Ele abriu um sorriso lento e agradável.

— Acho que está tudo muito claro, Mrs. Reed — disse ele.

— Um testamento muito simples. Quando a senhora gostaria de voltar e assiná-lo?

Gwenda respondeu que poderia ser quando ele quisesse. Não havia pressa.

— Temos uma casa aqui, o senhor sabe — disse ela. — Hillside.

Walter Fane respondeu, olhando para suas anotações:

— Sim, a senhora me deu o endereço...

Não houve mudança no tom uniforme de sua voz.

— É uma casa muito bonita — elogiou Gwenda. — Nós adoramos.

— É mesmo? — Walter Fane sorriu. — Fica à beira-mar?

— Não — respondeu Gwenda. — Acredito que o nome foi mudado. Chamava-se St. Catherine.

Mr. Fane tirou o pincenê. Ele o poliu com um lenço de seda, olhando para a mesa.

— Ah, sim — disse ele. — Na estrada para Leahampton?

Ele ergueu o olhar, e Gwenda refletiu sobre como as pessoas que usam óculos ficam diferentes sem eles. Os olhos dele, de um cinza muito claro, pareciam estranhamente fracos e desfocados.

"Faz com que todo o rosto pareça como se ele não estivesse realmente ali", pensou Gwenda.

Walter Fane recolocou o pincenê. Com a voz precisa de advogado, disse:

— Acho que a senhora falou que tinha feito um testamento em ocasião de seu casamento?

— Sim. Mas deixei coisas nele para vários parentes na Nova Zelândia que morreram desde então, então pensei que seria mais simples fazer um novo, em especial porque pretendemos viver de forma permanente neste país.

Walter Fane assentiu.

— Sim, é uma visão bastante acertada. Bem, creio que tudo isso está bastante claro, Mrs. Reed. Talvez a senhora possa vir depois de amanhã? Onze horas lhe convém?

— Sim, tudo bem.

Gwenda levantou-se e Walter Fane também.

A jovem disse, com a ansiedade que havia ensaiado antes:

— Eu... eu perguntei especialmente pelo senhor, porque acho... digo, eu acredito... que o senhor conheceu minha... minha mãe.

— É mesmo? — Walter Fane colocou um toque a mais de familiaridade na postura. — Qual era o nome dela?

— Halliday. Megan Halliday. Acho... já me disseram... que o senhor já foi noivo dela?

Um relógio na parede batia. Um, dois, um-dois, um-dois. Gwenda de repente sentiu o coração bater um pouco mais rápido. Que rosto *calmo* tinha Walter Fane. Há casas que são calmas assim, casas com todas as persianas fechadas. Isso poderia significar uma casa com um cadáver dentro. "Que pensamentos idiotas você tem, Gwenda!"

Walter Fane, com a voz inalterada e serena, disse:

— Não, nunca conheci sua mãe, Mrs. Reed. Mas uma vez estive noivo, por um curto período, de Helen Kennedy, que depois se casou com o Major Halliday como segunda esposa.

— Ah, compreendo. Que burrice de minha parte. Entendi tudo errado. Era Helen, minha madrasta. É claro que tudo isso aconteceu há tempo demais para que eu me lembre. Eu era apenas uma criança quando o segundo casamento de meu pai acabou. Mas ouvi alguém dizer que o senhor já esteve noivo de Mrs. Halliday na Índia, e pensei, é claro, que fosse minha própria mãe. Por causa da Índia, quero dizer... Meu pai a conheceu na Índia.

— Helen Kennedy foi para a Índia para se casar comigo — explicou Walter Fane. — E então mudou de ideia. No navio, voltando para casa, ela conheceu seu pai.

Foi uma declaração simples e sem emoção. Gwenda ainda tinha a impressão de uma casa com as persianas fechadas.

— Sinto muito — disse ela. — Meti os pés pelas mãos nisso?

Walter Fane sorriu, um sorriso lento e agradável. As persianas foram abertas.

— Faz dezenove ou vinte anos, Mrs. Reed. Os problemas e loucuras da juventude não significam muito depois desse tempo todo. Mas, então, você é a filhinha de Halliday. A senhora sabe, não é, que seu pai e Helen moraram aqui em Dillmouth por um tempo?

— Ah, sim — respondeu Gwenda —, foi por isso que viemos para cá. Não me lembrava direito, é claro, mas, quando tivemos que decidir onde moraríamos na Inglaterra, vim para Dillmouth, para ver como era, e achei um lugar tão atraente, que decidi que ficaríamos aqui e em nenhum outro lugar. E não foi sorte? Na verdade, compramos a mesma casa em que minha família morara naquela época.

— Lembro-me da casa — disse Walter Fane. Mais uma vez, ele abriu aquele sorriso lento e agradável. — Talvez a senhora não se lembre de mim, Mrs. Reed, mas creio que a levava na garupa.

Gwenda riu.

— É mesmo? Então o senhor é um velho amigo, não é? Não posso fingir que me lembro do senhor, mas eu tinha apenas uns 2 anos e meio ou 3 anos, suponho... O senhor havia voltado da Índia de férias ou algo parecido?

— Não, eu abandonei a Índia para sempre. Saí para tentar plantar chá, mas a vida não me convinha. Fui talhado para seguir os passos de meu pai e ser um advogado rural, prosaico e pouco aventureiro. Eu tinha passado em todas as provas de Direito antes, então simplesmente voltei e fui direto para o escritório. — Ele fez uma pausa e disse: — Estou aqui desde então. — Novamente houve uma pausa e ele repetiu em voz baixa: — Sim, desde então...

"Mas dezoito anos", pensou Gwenda, "não é tanto tempo assim..."

Então, mudando de postura, ele apertou a mão dela e falou:

— Já que parecemos ser velhos amigos, um dia a senhora de fato precisa levar seu marido para tomar chá com minha mãe. Vou pedir a ela que escreva para vocês. Enquanto isso, quinta-feira, onze horas?

Gwenda saiu do escritório e desceu os degraus. Havia uma teia na curva da escada. No meio dela, uma aranha pálida e bastante indefinida. "Não parecia", pensou Gwenda, "uma aranha de verdade. Não o tipo de aranha gorda e suculenta que pegava moscas e as comia. Parecia mais o fantasma de uma aranha. Mais ou menos como Walter Fane, na realidade."

Giles encontrou a esposa à beira-mar.

— Então? — perguntou.

— Ele estava aqui em Dillmouth naquela época — respondeu Gwenda. — De volta da Índia, quero dizer. Porque ele me levava na garupa. Mas ele não conseguiria assassinar alguém, é provável que não. Ele é muito quieto e gentil. Muito simpático, na verdade, mas o tipo de pessoa em quem não se presta atenção. Você sabe, elas vêm nas festas, mas a gente nunca percebe quando vão embora. Sou levada a crer que ele seja muito certinho e tudo mais, e dedicado à mãe, e com muitas virtudes. Mas, do ponto de vista de uma mulher, terrivelmente *chato*. Posso entender por que ele não se acertou com Helen. Sabe, uma pessoa boa e segura com quem se casar, mas com quem não se quer.

— Pobre coitado — disse Giles. — E suponho que ele fosse louco por ela.

— Ah, não sei... Eu acho que não, sendo sincera. De qualquer forma, tenho certeza de que ele não seria nosso assassino malévolo. Não como imagino que um assassino seja.

— Mas você não sabe muito sobre assassinos, não é, minha querida?

— O que você quer dizer?

— Bem, eu estava pensando na tranquila Lizzie Borden. Só que o júri disse que não foi ela. E Wallace, um homem tranquilo que o júri insistiu que matou a esposa, ainda que a sentença tenha sido anulada em recurso. E Armstrong, que todos disseram, durante anos, ser um sujeito tão gentil e despretensioso. Não creio que os assassinos sejam um tipo especial.

— Eu realmente não consigo acreditar que Walter Fane...

Gwenda parou.

— O que foi?

— Nada.

Mas ela estava se lembrando de Walter Fane polindo os óculos, e do olhar estranho e vazio dele quando ela mencionou St. Catherine pela primeira vez.

— Talvez — continuou Gwenda, insegura — ele *fosse* louco por ela...

Capítulo 14

Edith Pagett

A sala de estar de Mrs. Mountford era um cômodo agradável. Tinha uma mesa redonda coberta com uma toalha, algumas poltronas antiquadas e um sofá de aparência rígida, mas surpreendentemente confortável, encostado na parede. Havia cachorrinhos de porcelana e outros enfeites no consolo da lareira, e uma fotografia colorida das princesas Elizabeth e Margaret Rose emoldurada. Em outra parede estava o rei em uniforme da Marinha e uma fotografia de Mr. Mountford em um grupo com outros padeiros e confeiteiros. Havia um quadro feito com conchas e uma aquarela de um mar bem verde em Capri. Havia muitas outras coisas, nenhuma delas com qualquer pretensão à beleza ou a uma vida luxuosa; mas o resultado prático era uma sala feliz e alegre, onde as pessoas se sentavam e se divertiam sempre que havia tempo para isso.

Mrs. Mountford, nascida Pagett, era baixa, rechonchuda e tinha cabelo escuro, com algumas mechas grisalhas em meio ao preto. Sua irmã, Edith Pagett, era alta, magra e também tinha o cabelo escuro. Quase não havia fios grisalhos em seu cabelo, embora ela tivesse cerca de 50 anos.

— Imagine só — dizia Edith Pagett. — A pequena Miss Gwennie. Deve me desculpar, senhora, por falar assim, mas isso traz lembranças. Você sempre entrava em minha cozinha, tão bonita quanto se pode ser. "Vinhas", você pedia. "Vinhas."

E o que você queria dizer eram uvas, embora por que você as chamava de vinhas eu nunca soube dizer. Mas uvas eram o que você queria dizer, e uvas eram o que eu lhe dava, sultanas, no caso, por causa dos caroços.

Gwenda olhou fixamente para a figura ereta, de bochechas vermelhas e olhos pretos, tentando lembrar, lembrar, mas não veio nada. A memória era uma coisa inconveniente.

— Eu queria poder lembrar... — começou ela.

— É pouco provável que consiga. Você era uma coisinha de nada. Hoje em dia ninguém quer trabalhar em uma casa onde há crianças. Eu mesma não entendo por quê. Crianças dão vida a uma casa, é o que sinto. Embora refeições infantis sempre possam causar alguns problemas. Mas se é que me entende, senhora, a culpa é da babá, não da criança. As babás são quase sempre complicadas, querem bandejas separadas e isso e aquilo. Você se lembra de Layonee, Miss Gwennie? Desculpe, Mrs. Reed, devo dizer.

— Léonie? Ela era minha babá?

— Uma moça suíça. Não falava inglês muito bem e era muito sensível. Chorava muito se Lily dizia algo que a chateasse. Lily era a copeira. Lily Abbott. Uma moça jovem com um jeito muito alegre e um pouco avoada. Brincava bastante com você, Miss Gwennie. Brincava de esconde-esconde nas escadas.

Gwenda sentiu um calafrio rápido e incontrolável.

As escadas...

Então falou, de súbito:

— Lembro-me de Lily. Ela colocou um lacinho no gato.

— Olha só, que engraçado você se lembrar disso! Isso foi no seu aniversário, e Lily estava convencida de que Thomas deveria estar usando um laço. Tirou um da caixa de chocolates e Thomas ficou furioso. Correu para o jardim e se esfregou nos arbustos até conseguir tirá-lo. Os gatos não gostam que preguem peças neles.

— Um gato preto e branco.

— Isso mesmo. Pobre Tommy. Pegava ratos que era uma beleza. Um verdadeiro caçador. — Edith Pagett fez uma pausa e tossiu de modo afetado. — Desculpe-me por ficar assim, senhora. Mas conversar traz os velhos tempos de volta. Queria me perguntar alguma coisa?

— Gosto de ouvir você falar dos velhos tempos — disse Gwenda. — É exatamente sobre isso que quero ouvir. Veja bem, fui criada por parentes na Nova Zelândia e é claro que eles nunca puderam me contar nada sobre... sobre meu pai e minha madrasta. Ela... ela era boa, não era?

— Ela gostava muito de você. Ah, sim, levava você para a praia e brincava com você no jardim. Ela mesma era bem jovem, compreenda. Praticamente uma garota, na verdade. Muitas vezes pensei que ela gostava das brincadeiras tanto quanto você. Via-se que ela era filha única, por assim dizer. O Dr. Kennedy, o irmão dela, era anos e anos mais velho, e sempre ficava quieto com os livros. Quando não estava na escola, ela precisava brincar sozinha...

Miss Marple, encostada na parede, perguntou com gentileza:

— Você morou em Dillmouth a vida toda, não foi?

— Ah, sim, senhora. Meu pai tinha a fazenda atrás da colina. Rylands, era como sempre foi chamada. Ele não teve filhos homens, e minha mãe não pôde continuar depois que ele morreu, então ela vendeu a casa e comprou a lojinha chique no final da rua do comércio. Sim, morei aqui toda a minha vida.

— E suponho que saiba tudo sobre todo mundo em Dillmouth?

— Bom, claro, antigamente era um lugar pequeno. Embora sempre houvesse muitos veranistas, desde que me lembro. Mas gente simpática e tranquila que vinha aqui todos os anos, não esses excursionistas e ônibus turísticos que temos hoje em dia. Eram boas famílias, que voltavam para os mesmos imóveis ano após ano.

— Imagino — falou Giles — que você tenha conhecido Helen Kennedy antes de ela se tornar Mrs. Halliday?

— Bem, eu a conhecia, por assim dizer, e posso tê-la visto por aí. Mas eu não a conheci direito até começar a trabalhar lá.

— E você gostava dela — disse Miss Marple.

Edith Pagett virou-se para ela.

— Sim, senhora, eu gostava — respondeu. Havia um traço de certeza no tom dela. — Não importa o que digam. Comigo ela sempre foi tão boa quanto possível. Eu nunca teria acreditado que ela faria o que fez. Deixou-me sem palavras, foi o que aconteceu. Embora, veja bem, as pessoas *falassem*...

Ela parou de forma abrupta e lançou um rápido olhar de desculpas para Gwenda.

Gwenda falou impulsivamente:

— Eu quero saber. Por favor, não pense que vou me importar com o que você disser. Ela não era minha mãe...

— Isso é verdade, senhora.

— E veja só, estamos muito ansiosos para... para encontrá-la. Ela foi embora daqui, e parece não ter sido mais vista. Não sabemos onde ela está morando agora, ou mesmo se está viva. E há motivos para...

Ela hesitou e Giles interveio, rápido:

— Motivos jurídicos. Não sabemos se devemos presumir a morte ou... ou o quê.

— Ah, entendo com perfeição, senhor. O marido de minha prima estava desaparecido, depois de Ypres, no caso, e havia um bocado de problemas quanto a presunção de morte e coisas assim. Isso foi muito incômodo para ela. Naturalmente, senhor, se houver algo que eu possa lhe dizer que ajude de algum modo, não é como se o senhor fosse um estranho. Miss Gwenda e suas "vinhas". Era tão engraçado quando você dizia isso.

— É muita gentileza sua — disse Giles. — Então, se não se importa, vou perguntar de modo direto: Mrs. Halliday saiu de casa muito de repente, não foi?

— Sim, senhor, foi um grande choque para todos nós...
e sobretudo para o major, pobre homem. Ele teve um colapso total.

— Vou perguntar de imediato: você faz alguma ideia de quem era o homem com quem ela fugiu?

Edith Pagett balançou a cabeça.

— Foi o que o Dr. Kennedy me perguntou, e eu não soube dizer a ele. Lily também não. E é claro que Layonee, sendo estrangeira, não sabia qualquer coisa sobre isso.

— A senhora não *sabia* — disse Giles. — Mas poderia dar um palpite? Agora que tudo isso já aconteceu há tanto tempo, não faria diferença... mesmo que a suposição esteja errada. A senhora certamente deve ter tido alguma suspeita.

— Bem, tínhamos nossas suspeitas... mas veja bem, não foram mais do que suspeitas. E, no que me diz respeito, nunca vi o que quer que fosse. Mas Lily, que, como lhes disse, era uma garota esperta, tinha suas desconfianças... já as tinha havia muito tempo. "Guarde minhas palavras", dizia. "Esse sujeito está caidinho por ela. É só ver o jeito que ele olha para ela enquanto ela serve o chá. E a esposa dele fica uma fera!"

— Compreendo. E quem era o... sujeito?

— Receio agora, senhor, que não me lembro do nome dele. Não depois de todos esses anos. Um capitão... Esdale... não, não era isso... Emery... não. Tenho a sensação de que começava com E. Ou pode ter sido H. Um nome bastante incomum. Mas nunca pensei nisso durante dezesseis anos. Ele e a esposa estavam hospedados no Royal Clarence.

— Veranistas?

— Sim, mas acho que ele, ou talvez os dois, já conheciam Mrs. Halliday de antes. Eles faziam visitas com bastante frequência. De qualquer forma, segundo Lily, ele era um doce com Mrs. Halliday.

— E a esposa dele não gostava.

— Não, senhor... Mas, veja bem, nunca acreditei nem por um momento que houvesse algo de errado naquilo. E ainda não sei o que pensar.

Gwenda perguntou:

— Eles ainda estavam aqui... no Royal Clarence... quando... quando Helen... minha madrasta foi embora?

— Pelo que me lembro, eles partiram quase na mesma hora, um dia antes ou um dia depois. De qualquer forma, foi perto o suficiente para fazer as pessoas falarem. Mas nunca ouvi algo definitivo. Se foi assim, todos ficaram *muito* quietos. Foi um alvoroço só, Mrs. Halliday ter ido embora daquele jeito, tão repentino. Mas as pessoas diziam que ela sempre foi doidinha. Não que eu mesma tivesse visto algo assim. Eu não estaria disposta a ir a Norfolk com eles, se pensasse assim.

Por um momento, três pessoas olharam para ela com atenção. Então Giles disse:

— Norfolk? Eles estavam indo para Norfolk?

— Sim, senhor. Eles compraram uma casa lá. Mrs. Halliday me contou isso cerca de três semanas antes... antes de tudo isso acontecer. Ela me perguntou se eu iria com eles quando se mudassem, e eu disse que sim. Afinal de contas, nunca estive longe de Dillmouth e pensei que talvez fosse bom mudar de ares, já que gosto da família.

— Nunca soube que eles tinham comprado uma casa em Norfolk — comentou Giles.

— Bem, é curioso que diga isso, senhor, porque Mrs. Halliday parecia querer manter tudo em segredo. Ela me pediu para não falar sobre isso com ninguém, então é claro que não falei. Mas já fazia algum tempo que ela queria sair de Dillmouth. Ela vinha pressionando o Major Halliday para ir, mas ele gostava daqui. Acredito até que ele escreveu a Mrs. Findeyson, a quem pertencia a casa de St. Catherine, perguntando a ela se consideraria vendê-la. Mas Mrs. Halliday era totalmente contra. Ela parecia desgostosa de Dillmouth. É quase como se ela tivesse medo de ficar aqui.

As palavras saíram com naturalidade, mas ao som delas as três pessoas que a ouviam ficaram tensas.

Giles perguntou:

— Não acha que ela queria ir para Norfolk para ficar perto deste... homem cujo nome você não consegue lembrar?

Edith Pagett pareceu angustiada.

— Ah, de fato, senhor, eu preferiria não pensar *desse* jeito. E eu não acredito nisso, nem por um momento. Além disso, não creio que... Agora me lembro, eles vieram de algum lugar do norte, aquele casal. De Northumberland, acho que foi. De todo modo, eles gostavam de passar férias no sul porque aqui era bastante ameno.

— Ela estava com medo de alguma coisa, não estava? — disse Gwenda. — Ou de alguém? Minha madrasta, quero dizer.

— Eu lembro, agora que você disse isso...

— Sim?

— Lily um dia entrou na cozinha. Ela estava tirando o pó das escadas e disse: "Deu briga!". Às vezes ela tinha um jeito meio simplório de falar, Lily, então, por favor, me desculpem. Então perguntei a ela o que queria dizer, e ela falou que a patroa tinha vindo do jardim com o patrão para a sala de estar, e como a porta do corredor estava aberta, Lily ouviu o que disseram. "Estou com medo de você", foi o que Mrs. Halliday disse. E ela também parecia assustada, segundo Lily. "Há muito tempo que tenho medo de você. Você está louco. Você não é normal. Vá embora e me deixe sozinha. Você deve me deixar em paz. Estou com medo. Acho que, no fundo, sempre tive medo de você..." Algo assim... é claro que não posso dizer agora as palavras exatas. Mas Lily levou isso muito a sério, e foi por isso que, depois de tudo acontecer, ela...

Edith Pagett parou de repente. Um olhar curioso e assustado surgiu em seu rosto.

— Não tive a intenção, é claro... — começou ela. — Desculpe-me, senhora, estou falando demais.

Giles disse, com gentileza:

— Por favor, conte-nos, Edith. É realmente importante que saibamos, entende? Já faz muito tempo, mas precisamos *saber*.

— Não posso falar com certeza — argumentou Edith, desamparada.

Miss Marple perguntou:

— No que foi que Lily não acreditou... ou acreditou?

— Lily sempre foi uma pessoa com umas ideias na cabeça — disse Edith Pagett, se desculpando. — Nunca dei atenção. Ela sempre gostou de ir ao cinema e tirava um monte de ideias melodramáticas bobas de lá. Ela estava no cinema na noite em que tudo aconteceu... e, além disso, havia levado Layonee com ela... e *isso* era muito errado, e eu falei isso a ela. "Ah, está tudo bem", disse ela. "Não vou deixar a criança sozinha em casa. Você está na cozinha, o patrão e a patroa chegarão mais tarde e, de qualquer forma, aquela menina nunca acorda depois de dormir." Mas era errado, e eu disse isso a ela, embora, é claro, só tenha sabido da ida de Layonee depois. Se soubesse antes, teria corrido para ver se ela... digo, você, Miss Gwenda... se estava bem. Não se ouve nada vindo da cozinha quando a porta de baeta está fechada.

Edith Pagett fez uma pausa e continuou:

— Eu estava passando roupa. A noite passou tão rápido e, quando vi, o Dr. Kennedy estava na cozinha me perguntando onde Lily estava, e eu disse que era a noite de folga dela, mas que estaria de volta a qualquer momento. E dito e feito, ela entrou naquele exato momento, e ele a levou para cima, para o quarto da patroa. Queria saber se ela havia levado alguma roupa ou o quê. Então Lily olhou ao redor e respondeu, e então veio até mim. Ela estava muito aflita. "Ela fugiu", falou. "Fugiu com alguém. O patrão está mal. Teve um troço ou algo assim. Ao que parece, foi um choque terrível para ele. O tolo foi ele. Ele deveria ter percebido isso." "Você não deveria falar assim", falei. "Como sabe que ela fugiu com alguém? Talvez ela tenha recebido um telegrama de um parente doente." "Parente doente uma ova", disse Lily (sempre com um jeito simplório de falar, como eu disse). "Ela deixou um bilhete." "Com quem ela fugiu?", perguntei. "Com quem você acha?", respondeu Lily. "Pouco provável que tenha sido com Mr. Chatonildo Fane, apesar de todo aquele olhar pidão e do modo como ele a segue feito um cachorrinho." Então eu falei: "Você acha que foi o capitão, seja lá qual for o nome dele?". E ela disse: "Eu apostaria nele. A menos que seja o nosso homem misterioso do carro chamativo". (Isso era só uma piada boba que tínhamos.) E eu falei: "Não acredito. Mrs. Halliday, não. Ela não faria uma coisa dessas". E Lily disse: "Bem, parece que ela fez".

"Tudo isso foi no início, entendam. Mas mais tarde, no nosso quarto, Lily me acordou. 'Olhe só', disse ela. 'Está tudo errado.' 'O que está errado?', perguntei. E ela falou: 'Aquelas roupas'. 'Do que você está falando?', perguntei. 'Escute, Edie', disse ela. 'Examinei as roupas dela porque o doutor me pediu. Está faltando uma mala e roupas o suficiente para enchê-la, mas são *as coisas erradas.*' 'O que quer dizer?', perguntei. E Lily disse: 'Ela pegou um vestido de festa, cinza-prateado, mas não levou o cinto e o sutiã, nem os acessórios que o acompanham, e pegou os sapatos de festa de brocado dourado, não os de alça prateada. E ela pegou o casaco de tweed verde, que nunca usa antes do final do outono, mas não pegou o pulôver chique, e pegou as blusas de renda que ela só usa com um terninho de cidade. Ah, e as calcinhas dela também, estavam todas trocadas. Guarde minhas palavras, Edie. Ela não foi embora. O patrão que deu fim nela'.

"Bem, isso me deixou bem acordada. Sentei-me e perguntei do que diabos ela estava falando. 'É bem como saiu no *News of the World* semana passada', disse Lily. 'O patrão descobriu o que ela estava fazendo e a matou, a levou para o porão e a enterrou debaixo do assoalho. *Você* nunca iria ouvir nada porque fica embaixo do saguão de entrada. Foi isso que ele fez, e então arrumou uma mala para fazer parecer que ela tinha ido embora. Mas é onde ela está: debaixo do assoalho do porão. *Ela nunca saiu viva desta casa.*' Eu falei para ela o que achava disso, falando essas coisas tão horríveis. Mas admito que desci até o porão na manhã seguinte. Porém, estava tudo como de costume, nada havia sido mexido e nenhuma escavação tinha sido feita, e eu fui e disse a Lily que ela estava apenas fazendo papel de boba, mas ela insistiu que o patrão a havia matado. Ela falou: 'Mrs. Halliday estava morrendo de medo dele. Eu a ouvi dizendo isso a ele'. 'E é exatamente aí que você está errada, minha querida', falei, 'porque não era o patrão. Logo depois que você me contou, naquele dia, olhei pela janela e lá estava o patrão descendo a colina com os tacos de golfe, então não poderia ser ele quem estava com a patroa na sala de estar. Era outra pessoa.'"

Capítulo 15

Um endereço

O Royal Clarence era o hotel mais antigo da cidade. Tinha uma fachada envelhecida com a frente em arco e uma atmosfera do Velho Mundo. Ainda atendia ao tipo de família que vinha passar um mês à beira-mar.

Miss Narracott, que presidia a recepção, era uma senhora de 47 anos e seios fartos que usava um penteado antiquado.

Ela se inclinou para Giles, cujo olhar apurado definiu como "uma de nossas boas pessoas". E Giles, que, quando queria, tinha uma língua hábil e um jeito persuasivo, contou uma história muito boa. Disse que havia feito uma aposta com a esposa, sobre a madrinha dela, e perguntou se ela havia se hospedado no Royal Clarence dezoito anos antes. A esposa dissera que eles nunca conseguiriam resolver a disputa porque é claro que todos os registros antigos teriam sido jogados fora a essa altura, mas isso seria um disparate. Um estabelecimento como o Royal Clarence manteria esses registros. Deviam ter documentos de até cem anos atrás.

— Bem, não é bem assim, Mr. Reed. Mas mantemos todos os nossos antigos Livros de Visitantes, como preferimos chamá-los. Há também nomes muito interessantes neles. Ora, o rei ficou aqui uma vez, quando era príncipe de Gales, e a Princesa Adlemar de Holstein-Rotz vinha todos os invernos com a dama de companhia. E também tivemos alguns romancistas muito famosos, e Mr. Dovery, o pintor de retratos.

Giles respondeu do modo adequado, com interesse e respeito, e, no devido tempo, o volume sagrado do ano em questão foi trazido e exibido a ele.

Tendo primeiro sido apontados vários nomes ilustres, ele virou as páginas até o mês de agosto.

Sim, ali certamente estava a entrada que procurava.

Major e Mrs. Setoun Erskine, Anstell Manor, Daith, Northumberland, 27 de julho a 17 de agosto.

— Posso copiar isso?

— Claro, Mr. Reed. Papel e tinta... ah, o senhor tem sua própria caneta.. Com licença, preciso voltar ao balcão.

Ela o deixou com o livro aberto, e Giles começou a trabalhar. Ao retornar a Hillside, encontrou Gwenda no jardim, debruçada sobre a cerca viva.

Ela se endireitou e lhe lançou um rápido olhar interrogativo.

— Teve alguma sorte?

— Sim, acho que pode ser isso.

Gwenda falava com suavidade, lendo as palavras:

— Mansão Anstell, Daith, Northumberland. Sim, Edith Pagett disse Northumberland. Eu me pergunto se ainda moram lá...

— Teremos que ir ver.

— Sim... sim, seria melhor ir... mas quando?

— O mais breve possível. Amanhã? Pegaremos o carro e subiremos. Você vai poder conhecer um pouco mais da nossa pequena Inglaterra.

— Suponha que eles estejam mortos ou tenham ido embora e outra pessoa esteja morando lá...

Giles encolheu os ombros.

— Então voltamos e continuamos com as outras pistas. A propósito, escrevi para Kennedy e perguntei a ele se poderia me enviar aquelas cartas que Helen escreveu depois que partiu, se ele ainda as tiver, *e também* uma amostra da caligrafia dela.

· UM CRIME ADORMECIDO ·

— Eu gostaria — disse Gwenda — que pudéssemos entrar em contato com a outra criada, com Lily, aquela que colocou o lacinho em Thomas...

— Engraçado você se lembrar disso de repente, Gwenda.

— Sim, não é? Também me lembro de Tommy. Ele era preto com manchas brancas, e tinha três lindos gatinhos.

— Quem, Thomas?

— Bem, ele se chamava Thomas, mas na verdade se descobriu que era Thomasina. Sabe como são os gatos. Mas quanto a Lily... me pergunto o que aconteceu com ela. Edith Pagett parece tê-la perdido de vista. Ela não era daqui, e depois da separação em St. Catherine ela se mudou para Torquay. Ela escreveu uma ou duas vezes, mas isso foi tudo. Edith disse que ouviu falar que ela havia se casado, mas não sabia com quem. Se conseguíssemos contatá-la, poderíamos descobrir muito mais.

— E Léonie, a moça suíça?

— Talvez... mas ela era estrangeira e não queria saber muito do que acontecia. Sabe, eu não me lembro dela. Não, Lily é quem eu acho que seria útil. Lily era a mais esperta... Já sei, Giles, vamos colocar outro anúncio... um anúncio para ela... Lily Abbott, era o nome dela.

— Sim — concordou Giles. — Podemos tentar isso. E nós com certeza vamos para o norte amanhã, vamos ver o que podemos descobrir sobre os Erskine.

Capítulo 16

O filho

— Henry, desça daí — falou Mrs. Fane para um cocker spaniel asmático cujo olhar pidão fervia de gula. — Outro *scone*, Miss Marple, enquanto estão quentinhos?

— Obrigada. Estão deliciosos, esses *scones*. A senhora tem uma excelente cozinheira.

— Louisa não é má, verdade. É esquecida, como todas. E não sabe variar na sobremesa. Diga-me, como está a ciática de Dorothy Yarde hoje em dia? Ela se martirizava com isso. Era mais os nervos, suspeito.

Miss Marple apressou-se em servir à amiga os detalhes das doenças de sua conhecida em comum. Era fortuito, pensou, que entre seus muitos amigos e conhecidos espalhados pela Inglaterra, ela tivesse conseguido encontrar uma mulher que conhecesse Mrs. Fane e lhe tivesse escrito explicando que Miss Marple estava em Dillmouth, perguntando se não poderia, ó querida Eleanor, fazer a gentileza de convidá-la para alguma coisa?

Eleanor Fane era uma mulher alta e imponente, com olhos cinzentos como aço, cabelos brancos e crespos, e uma tez rosa-bebê e branca que mascarava o fato de que não havia qualquer suavidade infantil nela.

Discutiram as doenças reais ou imaginárias de Dorothy e abordaram a saúde de Miss Marple, o ar de Dillmouth e o mau comportamento em geral da maior parte da geração mais jovem.

— Não foram obrigados a limpar o prato quando crianças — declarou Mrs. Fane. — Não deixei acontecer nada disso com os *meus* filhos.

— A senhora tem mais de um filho? — perguntou Miss Marple.

— Três. O mais velho, Gerald, está em Cingapura, no East Asia Bank, Robert está no Exército. — Mrs. Fane fungou, desaprovando. — Casou-se com uma católica — disse ela, enfática. — E a senhora sabe o que *isso* significa! Todas as crianças sendo criadas como católicas. Não sei o que o pai de Robert teria dito. Meu marido era muito fiel à Igreja Baixa. Quase nunca recebo notícias de Robert hoje em dia. Ele critica algumas das coisas que eu lhe disse para o próprio bem dele. Acredito na sinceridade e em se dizer exatamente o que se pensa. O casamento dele foi, na minha opinião, um grande infortúnio. Ele pode *fingir* que está feliz, tadinho, mas não consigo achar que nada disso seja satisfatório.

— Seu filho mais novo não é casado, certo?

O rosto de Mrs. Fane se iluminou.

— Não, Walter mora em casa. Ele é um pouco frágil... sempre foi, desde criança... e sempre tive que cuidar da saúde dele com muito cuidado. Ele deve estar chegando logo. Não tenho como dizer o quanto ele é um filho atencioso e dedicado. Sou realmente uma mulher de muita sorte por ter um filho assim.

— E ele nunca pensou em se casar? — perguntou Miss Marple.

— Walter sempre diz que não tem paciência para as garotas modernas. Elas não lhe atraem. Ele e eu temos tanto em comum que receio que ele não saia de casa tanto quanto poderia. Ele lê Thackeray para mim ao final da tarde, e às vezes jogamos *piquet*. Walter é um animal doméstico.

— Que bom — disse Miss Marple. — Ele sempre esteve na firma? Alguém me falou que a senhora tinha um filho que trabalhava no Ceilão como plantador de chá, mas talvez tenham se enganado.

Um leve franzir das sobrancelhas surgiu no rosto de Mrs. Fane. Ela ofereceu bolo de nozes para a convidada e explicou:

— Isso foi quando ele era rapaz. Um daqueles impulsos juvenis. Um menino sempre deseja conhecer o mundo. Na verdade, havia uma garota por trás disso. As moças às vezes atrapalham muito.

— Ah, sim, de fato. Meu próprio sobrinho, eu me lembro...

Mrs. Fane continuou, ignorando o sobrinho de Miss Marple. Tomou conta do assunto e aproveitou a oportunidade para relembrar aquela simpática amiga de sua querida Dorothy.

— Uma garota *muito* inadequada, como sempre parece ser o caso. Ah, não me refiro a uma *atriz* ou algo assim. A irmã do médico local. Na verdade, parecia mais ser filha dele, era anos mais nova, e o pobre homem não fazia ideia de como educá-la. Os homens são um caso perdido, não são? Ela ficou solta demais, envolveu-se com um jovem que trabalhava no escritório, um mero contínuo e também de caráter muito insatisfatório. Precisaram se livrar dele, repassava informações confidenciais. De qualquer forma, essa tal Helen Kennedy era, suponho, muito bonita. *Eu* não achava isso. Sempre suspeitei que o cabelo dela fosse tingido. Mas Walter, coitado, apaixonou-se por ela. Como eu disse, muito inadequada, sem dinheiro nem perspectivas de futuro, não era o tipo de moça que a gente deseja como nora. Ainda assim, o que uma mãe pode fazer? Walter a pediu em casamento, e ela recusou, e então ele colocou na cabeça a ideia boba de ir para a Índia e ser plantador de chá. Meu marido disse: "Deixe-o ir", mesmo que fosse óbvio que tivesse ficado muito decepcionado. Estava ansioso para ter Walter com ele na firma, e Walter tinha passado em todas as provas de Direito e tudo mais. Ainda assim, lá foi ele. De fato, o estrago que essas moças causam!

— Ah, eu sei. Meu sobrinho...

Outra vez, Mrs. Fane passou por cima do sobrinho de Miss Marple.

— Então meu menino foi para Assam ou Bangalore, realmente não consigo me lembrar depois de todos esses anos. E fiquei muito preocupada porque sabia que a saúde dele não aguentaria. E ele estava lá não fazia um ano, indo muito bem também, Walter faz tudo bem, quando... a senhora acredita? Essa garota atrevida muda de ideia e lhe escreve, dizendo que gostaria de se casar com ele no final das contas.

— Ai, ai... — Miss Marple balançou a cabeça.

— Ela montou o enxoval, reservou a passagem... e qual acha que foi o passo seguinte?

— Não consigo imaginar — respondeu ela, inclinando-se à frente, extasiada.

— Ela foi e teve um caso amoroso com um homem casado. Na viagem de ida. Um homem casado e com três filhos, creio. De todo modo, Walter estava no cais para recebê-la, e a primeira coisa que ela fez foi dizer que, no final das contas, não poderia se casar com ele. A senhora não diria que isso foi algo perverso?

— Ah, com certeza. Poderia ter destruído por completo a fé de seu filho na natureza humana.

— Deveria tê-lo feito vê-la como realmente era. Mas, claro, esse tipo de mulher escapa impune de qualquer coisa.

— Ele não... — Miss Marple hesitou — ficou *ressentido* pela atitude dela? Alguns homens teriam ficado enraivecidos ao extremo.

— Walter sempre teve um autocontrole maravilhoso. Por mais chateado e irritado que Walter possa estar com qualquer coisa, ele nunca demonstra isso.

Miss Marple olhou para ela de modo especulativo. Hesitante, ela fez uma sondagem.

— Talvez porque seja muito profundo? Às vezes ficamos realmente surpresos com as crianças. Uma explosão repentina em uma criança que se pensava não se importar nem um pouco com algo. Uma natureza sensível que não consegue se expressar até que seja absolutamente insuportável.

— Ah, é muito curioso que a senhora diga isso, Miss Marple. Eu me lembro muito bem. Gerald e Robert, sabe, eram ambos temperamentais e estavam sempre dispostos a brigar. O que era muito natural, claro, para rapazes saudáveis...

— Ah, muito natural.

— E meu querido Walter era sempre muito quieto e paciente. E então, um dia, Robert pegou o modelo de avião dele, que Walter havia levado dias para construir, tão paciente e hábil que era com as mãos, e Robert, que era um menino querido e espirituoso, mas descuidado, o quebrou. E, quando entrei na sala de leitura, lá estava Robert caído no chão e Walter o atacando com o atiçador, ele quase o havia deixado desacordado. E eu precisei usar de todas as minhas forças para tirar Walter de cima dele. Ele ficava repetindo: "Ele fez isso de propósito, ele fez isso de propósito. Eu vou matá-lo". Sabe, eu fiquei bem assustada. Os meninos sentem as coisas tão intensamente, não é?

— Sim, é verdade — disse Miss Marple, o olhar pensativo. Ela voltou ao tópico anterior: — E então o noivado foi enfim rompido. O que aconteceu com a moça?

— Ela voltou para casa. Teve outro caso amoroso no caminho de volta e, desta vez, casou-se com o sujeito. Viúvo com uma filha. Um homem que acabou de perder a esposa é sempre um alvo certeiro. Indefeso, o coitado. Ela se casou com ele, e eles se estabeleceram aqui, em uma casa do outro lado da cidade, em St. Catherine, ao lado do hospital. Não durou, é claro. Ela o deixou em um ano. Fugiu com um homem ou outro.

— Ai, ai! — Miss Marple balançou a cabeça. — Que sorte seu filho teve em escapar!

— Isso é o que eu sempre digo a ele.

— E ele desistiu de plantar chá porque a saúde dele não aguentava?

Mrs. Fane fez uma leve careta.

— A vida não era muito agradável para ele — disse ela. — Ele voltou para casa cerca de seis meses depois da moça.

— Deve ter sido um tanto estranho — arriscou Miss Marple. — Se a jovem realmente estava morando aqui. Na mesma cidade...

— Walter foi maravilhoso — disse Mrs. Fane. — Ele se comportou como se nada tivesse acontecido. Eu mesma deveria ter pensado (na verdade, disse isso na época) que seria aconselhável romper por completo, afinal os encontros só poderiam ser constrangedores para ambas as partes. Mas Walter insistiu em fazer de tudo para ser amigável. Ele visitava a casa da maneira mais informal e brincava com a criança. Muito curioso, aliás, a menina voltou para cá. Está crescida agora, com um marido. Outro dia foi até o escritório de Walter para fazer o testamento. Reed, esse é o nome dela agora. Reed.

— Mr. e Mrs. Reed! Eu os conheço. Um jovem casal tão simpático e nada afetado. Imagine só agora... e na verdade ela era a criança...

— A filha da primeira esposa. A que faleceu na Índia. Pobre Major, esqueci o nome dele, Hallway, algo assim, ficou completamente desolado quando aquela atrevida o deixou. Por que as piores mulheres sempre atraem os melhores homens é algo difícil de entender!

— E o primeiro rapaz que estava envolvido com ela? Um funcionário, acho que a senhora disse, no escritório de seu filho. Que fim levou?

— Se deu muito bem. Ele é dono de muitos desses passeios turísticos. Viação Narciso de Mr. Afflick. Ônibus pintados de amarelo brilhante. É um mundo vulgar hoje em dia.

— Afflick? — perguntou Miss Marple.

— Jackie Afflick. Um sujeito desagradável e insistente. Sempre determinado a seguir em frente, imagino. Provavelmente foi por isso que começou a namorar Helen Kennedy.

Filha de médico, essas coisas... achou que isso melhoraria a posição social dele.

— E essa Helen nunca mais voltou para Dillmouth?

— Não. E já foi tarde. A essas alturas já deve ter se desvirtuado da vida. Fiquei com pena do Dr. Kennedy. Não era culpa dele. A segunda esposa do pai dele era uma coisinha fofa, anos mais nova do que ele. Helen herdou dela o sangue selvagem, creio. Sempre achei que...

Mrs. Fane interrompeu-se.

— Walter chegou. — O ouvido de mãe havia distinguido alguns sons bem conhecidos no corredor. A porta se abriu e Walter Fane entrou. — Esta é Miss Marple, meu filho. Toque a sineta, e vamos tomar um chá fresco.

— Não se preocupe, mãe. Já tomei uma xícara.

— Mas é claro que vamos tomar chá fresco... e alguns *scones*, Beatrice — acrescentou ela à criada, que aparecera para recolher o bule.

— Sim, madame.

Com um sorriso lento e simpático, Walter Fane disse:

— Minha mãe me mima, infelizmente.

Miss Marple observou-o enquanto respondia com educação. Uma pessoa gentil, de aparência quieta, um pouco tímida e de maneiras apologéticas. Sem sal. Uma personalidade muito indefinida. O tipo de jovem dedicado que as mulheres ignoram e com quem se casam quando o homem a quem realmente amam não retribui seu amor. Walter, o que está sempre presente. Pobre Walter, o querido da mãe... O pequeno Walter Fane, que atacou o irmão mais velho com um atiçador e tentou matá-lo...

Miss Marple ficou pensativa.

Capítulo 17

Richard Erskine

A Mansão Anstell tinha um aspecto sombrio. Era uma casa branca, que tinha como pano de fundo colinas áridas. Chegava-se à casa por um caminho sinuoso entre arbustos densos.

— Por que viemos? O que vamos dizer? — perguntou Giles a Gwenda.

— Isso já resolvemos.

— Sim, só até aí. Foi uma sorte o cunhado da tia da irmã da prima de Miss Marple, ou seja lá quem for, morar aqui perto... Mas perguntar ao anfitrião sobre os casos amorosos passados dele está muito longe de ser uma visita social.

— E há tanto tempo. Talvez... talvez ele nem se lembre dela.

— Talvez não se lembre. E talvez nunca tenha havido um caso.

— Giles, será que estamos fazendo um tremendo papel de idiotas?

— Não sei... Às vezes sinto que sim. Não vejo por que estamos nos preocupando com tudo isso. O que isso importa agora?

— Tanto tempo depois... Sim, eu sei ... Miss Marple e o Dr. Kennedy disseram: "Deixem isso em paz". Por que não fazemos isso, Giles? O que nos faz continuar? Será por causa *dela*?

— Dela?

— Helen. Será que é essa a razão de eu me lembrar? Será que minha memória infantil é o único elo que ela tem com a vida, com a verdade? Será que é Helen quem está usando a mim, e a você, para que a verdade seja exposta?

— Você quer dizer, porque ela teve uma morte violenta...?

— Sim. Dizem... dizem os livros... que essas pessoas às vezes não conseguem descansar...

— Acho que você está sendo fantasiosa, Gwenda.

— Talvez eu esteja. De qualquer forma, podemos... escolher. Esta é apenas uma visita social. Não há necessidade de ser mais nada... a menos que queiramos que seja...

Giles balançou a cabeça.

— Vamos continuar. Não podemos evitar.

— Sim, você está certo. Mesmo assim, Giles, acho que estou bem assustada...

— Estão em busca de uma casa, os dois? — perguntou o Major Erskine.

Ele ofereceu a Gwenda um prato com sanduíches. Gwenda pegou um, olhando para ele. Richard Erskine era um homem pequeno, com cerca de um metro e setenta de altura. Tinha cabelo grisalho e olhos cansados e bastante pensativos. A voz era baixa e agradável, um pouco arrastada. "Não havia algo de extraordinário nele, mas era", pensou Gwenda, "definitivamente atraente..."

Na verdade, ele não era tão bonito quanto Walter Fane, mas, embora a maioria das mulheres descartasse Fane sem pensar duas vezes, elas não fariam o mesmo com Erskine. Fane era algo indefinido. Erskine, apesar de ser tão quieto, tinha personalidade. Falava de coisas comuns de maneira comum, mas havia *algo*... aquele algo que as mulheres reconhecem rápido e a que reagem de uma forma puramente feminina. De modo quase inconsciente, Gwenda ajeitou a saia, arrumou um cacho lateral e retocou os lábios. Dezenove anos atrás, Helen Kennedy poderia ter se apaixonado por aquele homem. Gwenda tinha certeza disso.

Ela ergueu o olhar e encontrou os olhos da anfitriã fixos nela, e corou involuntariamente. Mrs. Erskine estava conversando com Giles, mas ficava observando Gwenda, ao mesmo tempo avaliadora e desconfiada. Janet Erskine era uma mulher alta, e sua voz era grave, quase tão grave quanto a de um homem. A constituição dela era atlética, e ela estava usando um casaco de tweed bem cortado com bolsos grandes. Parecia mais velha do que o marido, mas, concluiu Gwenda, talvez não fosse. Havia uma certa tristeza em seu rosto. Uma mulher infeliz e carente, concluiu Gwenda.

"Aposto que ela faz a vida dele um inferno", disse a si mesma. Em voz alta, continuou a conversa:

— Procurar uma casa é terrível de tão desanimador. As descrições dos agentes imobiliários são sempre maravilhosas, e então, quando a gente chega lá, o lugar é sempre horrível.

— Estão pensando em se estabelecer nessa vizinhança?

— Bem, essa foi uma das vizinhanças que consideramos. Na verdade, porque fica perto da Muralha de Adriano. Giles sempre foi fascinado pela Muralha de Adriano. Veja, parece um tanto estranho para vocês, imagino, mas quase todos os lugares da Inglaterra são iguais para nós. Minha casa é na Nova Zelândia e não tenho vínculos aqui. E Giles era acolhido por uma tia diferente a cada ano nas festas, portanto, também não tem qualquer vínculo específico. A única coisa que não queremos é estar muito perto de Londres. Preferimos o interior legítimo.

Erskine sorriu.

— Vocês com certeza encontrarão um interior legítimo por aqui. É completamente isolado. Nossos vizinhos são poucos e afastados entre si.

Gwenda pensou ter detectado um toque de desolação na voz agradável. Teve o repentino vislumbre de uma vida solitária, de dias curtos e escuros de inverno com o vento assobiando nas chaminés, as cortinas fechadas, cerradas, que trancavam aquela mulher de olhar carente e infeliz, e vizinhos escassos e afastados entre si.

Então a visão desapareceu. Era verão de novo, com as janelas francesas abertas para o jardim, o perfume das rosas e os sons do verão chegando.

— Esta é uma casa velha, não é? — perguntou.

Erskine assentiu.

— Dos tempos da Rainha Ana. Minha família vive aqui há quase trezentos anos.

— É uma casa adorável. O senhor deve ter muito orgulho dela.

— Está bem malconservada agora. Os impostos são tão altos que fica difícil manter qualquer coisa direito. No entanto, agora que as crianças saíram de casa, a pior fase já passou.

— Quantos filhos vocês têm?

— Dois rapazes. Um está no Exército. O outro acabou de se formar em Oxford. Vai trabalhar em uma editora.

O olhar de Erskine foi para a lareira e os olhos de Gwenda seguiram os dele. Havia ali uma fotografia de dois meninos, provavelmente entre 18 e 19 anos, calculou ela, tirada havia alguns anos. Havia orgulho e carinho na expressão dele.

— São bons meninos — disse —, embora seja eu dizendo.

— Eles são muito bonitos — elogiou Gwenda.

— Sim — disse Erskine. — Acho que vale a pena... mesmo. Digo, fazer sacrifícios pelos filhos — acrescentou em resposta ao olhar indagador de Gwenda.

— Suponho que, muitas vezes, seja preciso desistir de muitas coisas — acrescentou Gwenda.

— Muitas coisas de fato...

Novamente, ela captou um tom sombrio, mas Mrs. Erskine interrompeu, dizendo com a voz profunda e autoritária:

— E vocês estão realmente procurando uma casa neste canto do mundo? Receio não saber de algum lugar adequado por aqui.

"E não ia me dizer se soubesse", pensou Gwenda, em um leve surto de malícia. "Aquela velha abobada estava de fato com ciúme. Com ciúme porque estava conversando com o marido dela e porque sou jovem e atraente!"

— Depende da pressa de vocês — interveio Erskine.

— Não há pressa — disse Giles, alegre. — Queremos ter a certeza de encontrar algo de que realmente gostamos. No momento temos uma casa em Dillmouth, na costa sul.

O Major Erskine afastou-se da mesa de chá. Ele foi pegar uma caixa de cigarros em uma mesa perto da janela.

— Dillmouth — disse Mrs. Erskine, o tom inexpressivo.

Os olhos dela observavam a nuca do marido.

— Um lugarzinho lindo — complementou Giles. — Vocês conhecem?

Houve um momento de silêncio, depois Mrs. Erskine disse com o mesmo tom inexpressivo:

— Passamos algumas semanas lá no verão... há muitos, muitos anos. Não gostamos do clima... achamos o ar muito parado.

— Sim — disse Gwenda. — Foi isso mesmo o que achamos. Acho que Giles e eu preferiríamos um clima mais revigorante.

Erskine voltou com os cigarros. Ele ofereceu a caixa para Gwenda.

— Vão achá-lo estimulante aqui — disse ele, e havia uma certa severidade na voz.

Gwenda o observou enquanto ele acendia o cigarro para ela.

— O senhor se lembra bem de Dillmouth? — perguntou ela, ingênua.

Os lábios dele se contraíram no que ela imaginou ser um súbito espasmo de dor. Com uma voz evasiva, ele respondeu:

— Muito bem, eu acho. Ficamos... deixe-me ver... no Royal George... não, no Royal Clarence.

— Ah, sim, esse é o hotel bom e tradicional. Nossa casa fica bem perto dali. Chama-se Hillside, mas outrora chamava-se St... St... Mary, não era, Giles?

— St. Catherine — corrigiu Giles.

Desta vez não houve dúvidas sobre a reação. Erskine virou-se de forma brusca, e a xícara de Mrs. Erskine caiu no pires.

— Talvez — disse ela, abruptamente — vocês queiram ver o jardim.

— Ah, sim, por favor.

Eles saíram pelas janelas francesas. Era um jardim bem-cuidado e abastecido, com canteiros longos e caminhos sinalizados. Os cuidados cabiam ao Major Erskine, concluiu Gwenda. Conversando com ele sobre rosas e plantas medicinais, o rosto sombrio e triste dele se iluminou. Jardinagem era sem dúvida algo que o entusiasmava.

Quando enfim se despediram e foram embora de carro, Giles perguntou, hesitante:

— Você... você deixou cair?

Gwenda assentiu.

— Perto da segunda moita de delfínios. — Ela olhou para o dedo e girou a aliança de casamento, distraída.

— E se você nunca mais encontrá-lo de novo?

— Bem, não é meu anel de noivado verdadeiro. Eu não arriscaria isso.

— Fico feliz em saber.

— Sou muito sentimental em relação àquele anel. Você se lembra do que disse quando o colocou em meu dedo? Uma esmeralda porque eu era uma gatinha intrigante de olhos verdes.

— Ouso dizer — disse Giles, de modo desapaixonado — que nossa forma peculiar de carinho pode soar estranha para alguém, digamos, da geração de Miss Marple.

— Eu me pergunto o que ela está fazendo agora, a pobrezinha. Tomando sol?

— Aprontando alguma coisa... se eu a conheço! Remexendo aqui, ou bisbilhotando ali, ou fazendo algumas perguntas. Espero que ela não faça perguntas demais uma hora dessas.

— É uma coisa bastante natural de se fazer... para uma senhora idosa, digo. Não é tão perceptível como seria se fôssemos nós fazendo isso.

O rosto de Giles ficou sério.

— É por isso que não gosto... — Ele se interrompeu. — É você ter que fazer isso que me incomoda. Não suporto a sensação de ficar sentado em casa e mandar você fazer o trabalho sujo.

Gwenda passou um dedo pelo rosto preocupado dele.

— Eu sei, querido, eu sei. Mas você precisa admitir, é complicado. Seria impertinência sua questionar um homem sobre os casos amorosos do passado, mas é o tipo de impertinência que uma mulher pode cometer e sair impune, se for inteligente. E eu pretendo ser inteligente.

— Eu sei que você é inteligente. Mas se Erskine é o homem que procuramos...

— Não creio que ele seja — disse Gwenda, pensativa.

— Quer dizer que estamos desperdiçando nosso tempo?

— Não inteiramente. Acho que ele estava apaixonado por Helen, sim. Mas ele é *gentil*, Giles, muito gentil. Não faz o tipo estrangulador.

— Mas você não tem lá muita experiência com estrangulamentos, não é, Gwenda?

— Não. Mas tenho o meu instinto feminino.

— Ouso dizer que é isso que as vítimas de um estrangulador costumam dizer. Não, Gwenda, brincadeiras à parte, tome cuidado, sim?

— É claro. Sinto muita pena do pobre homem... aquela esposa é uma fera. Aposto que ele teve uma vida miserável.

— Ela é uma mulher estranha... De certo modo, bastante assustadora.

— Sim, um tanto sinistra. Você viu como ela me observava o tempo todo?

— Espero que o plano dê certo.

O plano foi colocado em execução na manhã seguinte.

Sentindo-se, como ele mesmo disse, um detetive duvidoso em processo de divórcio, Giles assumiu sua posição em um ponto com vista para o portão da frente da Mansão Anstell. Por volta das 11h30, relatou a Gwenda que tudo havia corrido bem. Mrs. Erskine partira em um pequeno carro Austin, claramente com destino ao mercado da cidade a três milhas de distância. A costa estava limpa. Gwenda foi até a porta da frente e tocou a campainha.

Ela perguntou por Mrs. Erskine e foi informada de que ela estava fora. Então perguntou pelo Major Erskine, que estava no jardim. Quando Gwenda se aproximou, ele se levantou de um canteiro de flores no qual estava trabalhando.

— Sinto muito incomodá-lo — disse Gwenda. — Mas acho que ontem deixei cair um anel em algum lugar por aqui. Sei que estava comigo quando saímos do chá. Ele fica um pouco frouxo, mas eu não suportaria perdê-lo, é meu anel de noivado.

A busca logo começou. Gwenda refez os passos do dia anterior, tentando lembrar onde estivera e em quais flores havia tocado. No fim das contas o anel apareceu perto de um grande aglomerado de delfínios. Gwenda demostrou seu alívio com intensidade.

— E agora posso lhe oferecer uma bebida, Mrs. Reed? Cerveja? Uma taça de xerez? Ou a senhora prefere café ou algo parecido?

— Eu não quero nada... não, mesmo. Só um cigarro... obrigada.

Ela sentou-se em um banco, e Erskine sentou-se ao lado dela.

Fumaram por alguns minutos em silêncio. O coração de Gwenda batia bem rápido. Não havia outra forma de fazer isso. Ela teria que mergulhar de primeira.

— Queria lhe perguntar uma coisa — disse ela. — Talvez o senhor ache que seja terrivelmente impertinente de minha parte. Mas gostaria muito de saber, e é provável que o senhor seja a única pessoa que poderia me dizer. Acredito que o senhor já tenha sido apaixonado por minha madrasta.

Ele se virou para ela, surpreso.

— Por sua madrasta?

— Sim. Helen Kennedy. Helen Halliday, como passou a se chamar.

— Compreendo. — O homem ao lado dela estava muito quieto.

Ele olhava para o gramado ensolarado, sem prestar atenção. O cigarro entre seus dedos ardia. Por mais quieto que estivesse, Gwenda sentiu uma agitação naquela figura tensa, cujo braço tocou o dela.

Como se respondesse a alguma pergunta que fizera a si mesmo, Erskine disse:

— As cartas, suponho.

Gwenda não respondeu.

— Nunca lhe escrevi muitas... duas, talvez três. Ela disse que as havia destruído, mas as mulheres nunca destroem as cartas, não é? E então elas chegaram a suas mãos. E você quer saber.

— Eu queria saber mais sobre ela. Eu gostava muito dela. Embora eu fosse uma criança tão pequena quando... ela foi embora.

— Ela foi embora?

— O senhor não sabia?

Os olhos dele, sinceros e surpresos, encontraram os dela.

— Não tenho notícias dela — disse ele — desde... desde aquele verão em Dillmouth.

— Então o senhor não sabe onde ela está agora?

— Como poderia? Já faz anos... anos. Tudo acabado e terminado. Esquecido.

— Esquecido?

Ele sorriu com amargura.

— Não, talvez não tenha sido esquecido... A senhora é muito perspicaz, Mrs. Reed. Mas conte-me sobre ela. Ela não está... morta, está?

Um pequeno vento frio surgiu de repente, gelou seus pescoços e passou.

— Não sei se ela está morta ou não — disse Gwenda. — Eu não sei qualquer coisa sobre ela. Achei que talvez o senhor soubesse. — Ela continuou enquanto ele balançava a cabeça: — Veja bem, ela foi embora de Dillmouth naquele verão. De repente, em uma noite. Sem contar a ninguém. E nunca mais voltou.

— E achou que eu poderia ter notícias dela?

— Sim.

Ele balançou a cabeça.

— Não. Nem uma palavra. Mas certamente o irmão dela, o médico, que mora em Dillmouth. Ele deve saber. Ou ele também está morto?

— Não, ele está vivo. Mas também não sabe. Veja só, todos pensaram que ela tinha fugido... com alguém.

Ele virou a cabeça para olhar para ela. Olhos profundos e tristes.

— Eles pensaram que ela tinha fugido *comigo*?

— Bem, era uma possibilidade.

— Era uma possibilidade? Eu não acho que fosse. Nunca foi. Ou será que fomos tolos, tolos conscienciosos que desperdiçaram a oportunidade de felicidade?

Gwenda ficou em silêncio. Erskine virou a cabeça e olhou para ela.

— Talvez seja melhor você ouvir uma coisa. Não há muito para saber. Mas eu não gostaria que você julgasse Helen mal. Nos conhecemos em um navio que ia para a Índia. Uma das crianças estava doente, e minha esposa estava no navio seguinte. Helen estava indo se casar com um homem do Departamento de Bosques e Florestas, ou algo parecido. Ela não o amava. Ele era apenas um velho amigo, bom e gentil, e ela queria sair de casa, onde não era feliz. Nós nos apaixonamos.

Ele fez uma pausa.

— É o que sempre se diz nessas situações. Mas não foi, quero que isso fique bem claro, um típico caso de amor a bordo de navios. Era sério. Nós dois ficamos... bem... abalados por isso. E não havia o que ser feito. Eu não poderia dar essa decepção a Janet e às crianças. Helen via isso do mesmo modo que eu. Se fosse somente Janet... mas havia os meninos. Era tudo desesperador. Concordamos em dizer adeus e tentar esquecer.

Ele riu, uma risada curta e triste.

— Esquecer? Nunca esqueci, nem por um momento. A vida era um inferno. Eu não conseguia parar de pensar em Helen... Bem, ela não se casou com o sujeito por quem estava viajando para se casar. No último momento, apenas não conseguiu. Ela voltou para a Inglaterra e, no caminho, conheceu um outro homem. Seu pai, suponho. Ela me escreveu alguns meses depois, contando o que havia feito. Ele estava muito infeliz com a perda da esposa, disse ela, e havia uma criança. Ela achou que poderia fazê-lo feliz e que era a melhor coisa a fazer. Ela escreveu de Dillmouth. Cerca de oito meses depois, meu pai morreu e eu vim para este lugar. Enviei meus documentos e voltei para a Inglaterra. Queríamos algumas semanas de férias até podermos nos mudar para esta casa. Minha esposa sugeriu Dillmouth. Algum amigo havia mencionado que era um lugar bonito e tranquilo. Ela não sabia, é claro, sobre Helen. Você pode imaginar a tentação? Vê-la novamente... Ver como era esse homem com quem ela havia se casado.

Houve um breve silêncio, e então Erskine disse:

— Fomos e ficamos no Royal Clarence. Isso foi um erro. Ver Helen de novo foi um inferno... Ela parecia bem feliz, no geral. Eu não sabia se ela ainda se importava comigo ou não... Talvez ela tivesse superado tudo. Minha esposa, acho, suspeitou de alguma coisa... Ela é... ela é uma mulher muito ciumenta... sempre foi.

Ele acrescentou, de forma brusca:

— Isso é tudo. Fomos embora de Dillmouth...

— Em 17 de agosto — disse Gwenda.

— Foi essa a data? É provável. Não me lembro exatamente.

— Foi em um sábado — disse Gwenda.

— Sim, você está certa. Lembro que Janet disse que poderia ser um dia movimentado para viajar para o norte, mas não creio que tenha sido...

— Por favor, tente se lembrar, Major Erskine. Quando foi a última vez que o senhor viu minha madrasta, Helen?

Ele sorriu, um sorriso gentil e cansado.

— Não preciso me esforçar muito. Eu a vi na noite anterior à nossa partida. Na praia. Fui até lá depois do jantar, e ela estava lá. Não havia mais ninguém por perto. Fui com ela até a casa. Passamos pelo jardim...

— Que horas?

— Não sei... nove da noite, suponho.

— E o senhor se despediu?

— Sim. — Ele riu. — Ah, não foi o tipo de despedida que está pensando. Foi muito brusco e sucinto. Helen disse: "Por favor, vá embora agora. Vá rápido. Melhor não...". Ela parou, e então... e eu... eu só fui embora.

— Voltou ao hotel?

— Sim, sim, uma hora ou outra. Primeiro andei por um longo caminho, em direção ao interior.

— É difícil lembrar datas, depois de tantos anos — disse Gwenda. — Mas acho que essa foi a noite em que ela foi embora... e não voltou.

— Compreendo. E quando eu e minha esposa partimos no dia seguinte, as pessoas fofocaram e disseram que ela tinha ido embora comigo. As pessoas têm uma imaginação encantadora.

— De qualquer forma — disse Gwenda, sem rodeios —, ela não foi embora com o senhor?

— Meu Deus, não, nunca houve qualquer possibilidade disso.

— Então por que o senhor acha — perguntou Gwenda — que ela foi embora?

Erskine franziu a testa. O comportamento dele mudou, ficou interessado.

— Compreendo — disse ele. — Isso é um pouco problemático. Ela não... hum... deixou uma explicação?

Gwenda pensou a respeito. Então expressou a própria teoria:

— Acredito que ela não tenha deixado algo por escrito. O senhor acha que ela foi embora com outra pessoa?

— Não, claro que não.

— O senhor parece ter certeza disso.

— Tenho certeza.

— Então por que ela foi embora?

— Se ela desapareceu, de repente, daquele jeito, só consigo ver uma razão possível. Ela estava fugindo *de mim*.

— De você?

— Sim. Ela estava com medo, talvez, de que eu tentasse vê-la de novo, que eu a incomodasse. Ela deve ter visto que eu ainda estava louco por ela... Sim, deve ter sido isso.

— Isso não explica — disse Gwenda — por que ela nunca mais voltou. Diga-me, Helen lhe contou alguma coisa sobre meu pai? Que ela estava preocupada com ele? Ou... ou com medo dele? Algo assim?

— Com medo dele? Por quê? Ah, entendo, você pensou que ele poderia estar com ciúme. Ele era um homem ciumento?

— Não sei. Ele morreu quando eu era criança.

— Ah, compreendo. Não, pensando agora, ele sempre pareceu comum e agradável. Ele gostava de Helen, tinha orgulho dela... e acho que nada mais. Não, quem estava com ciúme era eu.

— Eles pareciam razoavelmente felizes juntos?

— Sim, pareciam. Fiquei feliz... e ainda assim, ao mesmo tempo, doía ver isso... Não, Helen nunca discutiu isso comigo. Como já lhe contei, quase nunca estávamos sozinhos, nunca nos encontramos de um modo secreto. Mas agora que você mencionou isso, lembro-me de ter pensado que Helen estava preocupada...

— Preocupada?

— Sim. Achei que talvez fosse por causa de minha esposa... — Ele se interrompeu. — Mas foi mais do que isso. — Ele olhou para Gwenda. — Ela estava com medo do marido? Ele estava com ciúme dela com outros homens?

— O senhor parece pensar que não.

— O ciúme é uma coisa muito estranha. Às vezes, se esconde para que você nunca suspeite dele. Mas pode ser assustador, muito assustador...

— Outra coisa que eu gostaria de saber... — Gwenda interrompeu-se.

Um carro apareceu na entrada. O Major Erskine disse:

— Ah, minha esposa voltou das compras.

No mesmo instante ele se tornou uma pessoa diferente. O tom era leve, porém formal, o rosto ficou inexpressivo. Um leve tremor traiu seu nervosismo.

Mrs. Erskine apareceu andando pela esquina da casa. O marido foi em sua direção.

— Mrs. Reed deixou cair um anel no jardim ontem — disse ele.

Mrs. Erskine respondeu, de forma abrupta:

— É mesmo?

— Bom dia — disse Gwenda. — Sim, mas felizmente já encontrei.

— Que sorte.

— Ah, sim. Eu teria odiado perdê-lo. Bem, preciso ir.

Mrs. Erskine não respondeu. Major Erskine falou:

— Eu a acompanho até o carro.

Começou a seguir Gwenda pelo terraço. A voz da esposa soou, brusca:

— Richard. Se Mrs. Reed não se importar, há uma ligação muito importante...

Gwenda disse, apressada:

— Ah, está tudo bem. Por favor, não se preocupe.

Ela correu pelo terraço e contornou a lateral da casa até a entrada.

Então parou. Mrs. Erskine havia estacionado o carro de tal maneira que Gwenda duvidou que conseguisse passar com o próprio carro e descer o caminho. Ela hesitou, depois refez os passos lentamente até o terraço.

Pouco antes das janelas francesas, parou. A voz de Mrs. Erskine, profunda e ressonante, chegou de forma distinta aos ouvidos dela.

— Não me interessa o que você diz. Você organizou tudo ontem. Combinou com aquela garota para vir aqui enquanto eu estivesse em Daith. Você é sempre o mesmo... qualquer garota bonita. Eu não vou aguentar, estou lhe dizendo. Eu não vou aguentar.

A voz de Erskine a interrompeu, baixa, quase desesperada:

— Às vezes, Janet, eu realmente acho que você é louca.

— Não sou eu que estou louca. É *você*! Não consegue deixar as mulheres em paz.

— Você sabe que isso não é verdade, Janet.

— É verdade! Foi verdade há muito tempo, no lugar de onde essa garota veio, Dillmouth. Você tem coragem de me dizer que não estava apaixonado por aquela Halliday de cabelos loiros?

— Você não consegue esquecer nada? Por que fica ruminando essas coisas? Você só se estressa e...

— É você! Você parte meu coração... Não vou aguentar, estou dizendo! Não vou aguentar! Planejando encontros! Rindo de mim pelas costas! Você não se importa comigo, nunca se importou. Eu vou me matar! Vou me jogar de um penhasco... queria estar morta...

— Janet... Janet... pelo amor de Deus...

A voz grave desaparecera. O som de soluços desesperados pairou no ar do verão.

Na ponta dos pés, Gwenda se afastou e voltou para a saída dos carros outra vez. Refletiu por um momento e depois tocou a campainha da porta da frente.

— Será que — disse ela — alguém poderia... hum... poderia mover o carro? Acho que não consigo sair.

O criado voltou para dentro de casa. Pouco depois apareceu um homem vindo do que já fora o pátio do estábulo. Ele cumprimentou Gwenda tocando o boné, entrou no Austin e dirigiu-o até o pátio. Gwenda entrou no carro e dirigiu de volta ao hotel onde Giles a esperava.

— Como você demorou — disse ele, cumprimentando-a.
— Descobriu alguma coisa?

— Sim. Sei de tudo agora. É bem patético. Ele estava terrivelmente apaixonado por Helen.

Ela contou os acontecimentos da manhã.

— Eu de fato acho — concluiu ela — que Mrs. Erskine é meio louca. Ela parecia muito brava. Agora entendo o que ele quis dizer com ciúme. Deve ser horrível se sentir assim. De qualquer forma, sabemos agora que Erskine não foi o homem que fugiu com Helen e que ele não sabe nada sobre a morte dela. Ela estava viva naquela noite quando ele a deixou.

— Sim — disse Giles. — Ao menos... isso é o que ele diz.

Gwenda pareceu indignada.

— Isso — repetiu Giles, com firmeza — é o que ele diz.

Capítulo 18

A trepadeira

Miss Marple inclinou-se no terraço do lado de fora da janela francesa e lidou com uma trepadeira traiçoeira. Foi apenas uma pequena vitória, já que abaixo da superfície a trepadeira permaneceu dominante como sempre. Mas ao menos os delfínios teriam uma libertação temporária.

Mrs. Cocker apareceu na janela da sala.

— Com licença, senhora, mas o Dr. Kennedy veio visitar. Ele está ansioso para saber quanto tempo Mr. e Mrs. Reed ficarão fora, e eu lhe disse que não poderia saber com exatidão, mas que a senhora, sim. Devo pedir a ele para vir até aqui?

— Ah. Ah, sim, por favor, Mrs. Cocker.

Mrs. Cocker reapareceu pouco depois com o Dr. Kennedy. Com certa hesitação, Miss Marple apresentou-se.

— ...e combinei com a querida Gwenda que eu daria uma volta e tiraria algumas ervas daninhas enquanto ela estivesse fora. Eu acho, você sabe, que meus jovens amigos estão sendo intimidados pelo jardineiro, Foster. Ele vem duas vezes por semana, bebe muitas xícaras de chá, conversa muito e, pelo que posso ver, trabalha pouco.

— Sim — disse o Dr. Kennedy, um tanto distraído. — Sim. Eles são todos iguais... todos iguais.

Miss Marple analisou-o. Ele era um homem mais velho do que ela havia imaginado pela descrição que os Reed fizeram. Prematuramente velho, ela supôs. Também parecia preocupado e infeliz. Ele ficou ali, os dedos acariciando a linha longa e belicosa de sua mandíbula.

— Eles saíram — falou ele. — A senhora sabe por quanto tempo?

— Ah, não por muito tempo. Foram visitar alguns amigos no norte da Inglaterra. Os jovens me parecem tão inquietos, sempre correndo para lá e para cá.

— Sim — disse o Dr. Kennedy. — Sim, isso é verdade. — Ele fez uma pausa e continuou com certa timidez: — O jovem Giles Reed escreveu e me pediu alguns papéis... hum... cartas, se eu pudesse encontrá-las...

Ele hesitou, e Miss Marple perguntou:

— As cartas de sua irmã?

Ele lançou-lhe um olhar rápido e astuto.

— Então... a senhora é da confiança deles, não é? Uma parente?

— Apenas uma amiga — disse Miss Marple. — Eu os aconselhei do melhor modo que pude. Mas é raro as pessoas escutarem conselhos... Uma pena, talvez, mas é assim que as coisas são...

— Qual foi o seu conselho? — perguntou ele, curioso.

— Para deixarem o crime adormecido de lado — disse Miss Marple, com firmeza.

O Dr. Kennedy sentou-se pesadamente em um desconfortável assento rústico.

— Não é um conselho ruim — disse ele. — Gosto de Gwennie. Ela era uma criança simpática. Posso supor que ela cresceu para se tornar uma jovem simpática. Tenho medo de que esteja se colocando em perigo.

— Existem tantos tipos de perigo — comentou Miss Marple.

— Hein? Sim... sim... é verdade. — Ele suspirou. Depois disse: — Giles Reed me escreveu e perguntou se eu poderia deixá-lo ficar com as cartas de minha irmã, escritas depois que ela saiu daqui... e também com algum exemplar autêntico da caligrafia dela. — Ele lhe lançou um olhar. — A senhora entende o que isso significa?

Miss Marple assentiu.

— Acho que sim.

— Eles estão retomando a ideia de que Kelvin Halliday, quando disse que havia estrangulado a esposa, estava falando nada mais nada menos do que a verdade. Eles acreditam que as cartas que minha irmã Helen escreveu depois de partir não foram escritas por ela, que eram falsificações. Eles acreditam que ela nunca saiu viva desta casa.

Miss Marple perguntou, com gentileza:

— E o senhor também não está tão certo disso agora?

— Eu estava, à época. — Kennedy ainda olhava para a frente. — Parecia tão claro. Pura alucinação da parte de Kelvin. Não havia corpo, uma mala e roupas haviam sido levadas... o que mais eu poderia pensar?

— E sua irmã estava... havia pouco tempo... um tanto... aham... — Miss Marple tossiu delicadamente — ...interessada em... em um certo cavalheiro?

O Dr. Kennedy olhou para ela. Havia uma dor profunda em seus olhos.

— Eu amava minha irmã — disse ele —, mas tenho que admitir que, com Helen, sempre havia algum homem por perto. Há mulheres que são assim. Elas não conseguem evitar.

— Na época tudo lhe pareceu claro — repetiu Miss Marple. — Mas não parece tão claro agora. Por quê?

— Porque — disse Kennedy, com franqueza — parece incrível para mim que, se Helen ainda estiver viva, ela não tenha se comunicado comigo todos esses anos. Da mesma forma, se ela estiver morta, é estranho que eu não tenha sido avisado do fato. Bem...

Ele se levantou. Tirou um pacote do bolso.

— Isso é o melhor que posso fazer. A primeira carta que recebi de Helen devo ter destruído. Não consigo encontrar vestígios dela. Mas guardei a segunda, aquela que dava o endereço da posta-restante. E aqui, para efeito de comparação, está o único trecho da caligrafia de Helen que consegui encontrar. É uma lista de bulbos etc. para plantar. Uma cópia que ela guardava por algum motivo. A caligrafia da lista de compras e da carta me parecem iguais, mas não sou especialista. Vou deixá-las aqui para Giles e Gwenda quando eles voltarem. Provavelmente não vale a pena colocar no correio.

— Ah, não, acredito que eles planejam voltar amanhã... ou no dia seguinte.

O médico assentiu. Ficou parado, olhando ao longo do terraço, os olhos ainda ausentes. Ele disse de repente:

— A senhora sabe o que está me preocupando? Se Kelvin Halliday de fato matou a esposa, ele deve ter escondido o corpo ou se livrado dele de alguma forma, e isso significa (não sei o que mais pode significar) que a história que ele me contou foi habilmente inventada... que ele já havia escondido uma mala cheia de roupas para dar peso à ideia de que Helen tinha ido embora... que até mesmo havia providenciado a chegada de cartas do estrangeiro... Significa, na verdade, que foi um assassinato premeditado, a sangue frio. A pequena Gwennie era uma boa criança. Já seria ruim o suficiente ter um pai paranoico, mas é dez vezes pior ter um pai que cometeu assassinato a sangue frio.

Ele se virou para a janela aberta. Miss Marple interrompeu a partida dele com uma pergunta rápida:

— De quem sua irmã tinha medo, Dr. Kennedy?

Ele se virou para ela e a encarou.

— Medo? De ninguém, que eu saiba.

— Eu só me pergunto... Por favor, desculpe-me se estou fazendo perguntas indiscretas, mas havia um rapaz, não havia? Digo, alguma confusão... quando ela era muito jovem. Alguém chamado *Afflick*, creio.

— Ah, isso. Coisas bobas pelas quais a maioria das garotas passa. Um jovem indesejável, astuto... e, claro, não era do mesmo nível social, nem um pouco. Ele teve problemas depois.

— Eu só queria saber se ele não poderia ter sido... vingativo.

O Dr. Kennedy sorriu com ceticismo.

— Ah, não acho que tenha sido algo sério. De qualquer forma, como eu disse, ele teve problemas e foi embora daqui para sempre.

— Que tipo de problemas?

— Ah, nada com a polícia. Apenas indiscrições. Tagarelou sobre os assuntos do patrão.

— E o patrão era Mr. Walter Fane?

O Dr. Kennedy pareceu um pouco surpreso.

— Sim, sim, agora que a senhora falou, eu me lembro, ele trabalhou na Fane & Watchman. Não era algo fixo. Apenas um colaborador qualquer.

"Apenas um colaborador qualquer?", perguntou-se Miss Marple, quando se curvou novamente sobre a trepadeira, depois que o Dr. Kennedy se foi...

Capítulo 19

Mr. Kimble fala

— Não sei. Tenho certeza de que não — disse Mrs. Kimble.

O marido, levado a falar pelo que considerou nada mais nada menos que um ultraje, tornou-se verborrágico.

Ele empurrou a xícara à frente.

— Onde está com a cabeça, Lily? — perguntou ele. — *Está sem açúcar!*

Mrs. Kimble remediou aquela indignidade com rapidez e então começou a elaborar sobre os próprios assuntos.

— Estou pensando neste anúncio — disse ela. — Diz Lily Abbott, claramente. E "antiga empregada doméstica em St. Catherine, em Dillmouth". Sou eu, com certeza.

— É — concordou Mr. Kimble.

— Depois de todos esses anos... você deve concordar que é estranho, Jim.

— É — disse Mr. Kimble.

— Bem, o que eu devo fazer, Jim?

— Deixe como está.

— E se tiver dinheiro nisso?

Houve um som gorgolejante quando Mr. Kimble esvaziou a xícara de chá, se fortalecendo para o esforço mental de iniciar uma frase longa. Ele deixou a xícara de lado e prefaciou seus comentários com um lacônico: "Quero mais". Então disse:

— Você falou muito, certa vez, sobre o que aconteceu em St. Catherine. Eu não levei muito a sério, achei que fosse uma tolice, conversa de mulheres. Talvez não fosse. Talvez algo tenha acontecido. Se for assim, é assunto da polícia e você não vai querer se envolver nisso. Está tudo encerrado, não está? Deixe tudo em paz, minha garota.

— É fácil para você falar. Pode ser dinheiro que me foi deixado em testamento. Talvez Mrs. Halliday estivesse viva o tempo todo e agora esteja morta e tenha me deixado algo no testamento.

— Deixar algo para você no testamento? Pelo quê? É...! — disse Mr. Kimble, voltando ao monossílabo favorito para expressar desprezo.

— Mesmo que seja a polícia... Você sabe, Jim, às vezes há uma grande recompensa para qualquer um que possa fornecer informações para capturar um assassino.

— E que pista você poderia dar? Tudo o que você sabe foi o que você inventou em sua cabeça!

— Isso é o que você diz. Mas estive pensando...

— É — disse Mr. Kimble, enojado.

— Bem, eu estive. Desde que vi aquela primeira matéria no jornal. Talvez eu tenha entendido as coisas um pouco errado. Aquela Layonee, ela era meio burra como todos os estrangeiros, não conseguia entender direito o que a gente falava para ela, e o inglês dela era horrível. Se não quis dizer o que pensei que ela tinha dito... Tenho tentado lembrar o nome daquele homem... Agora, se foi ele que ela viu... Lembra aquele filme de que lhe falei? *O amante secreto*. Tão emocionante. No fim, eles o rastrearam por meio do carro. Ele pagou cinquenta mil dólares ao mecânico para que esquecesse que o tinha abastecido de gasolina naquela noite. Não sei quanto dá isso em libras... E havia o outro também, e o marido louco de ciúme. Todos eles estavam loucos por ela. E no final...

Mr. Kimble empurrou a cadeira para trás com um som áspero. Ele se levantou com autoridade lenta e pesada. Preparando-se para sair da cozinha, ele deu um ultimato, o ultimato de um homem que, embora geralmente inarticulado, tinha lá sua astúcia.

— Deixe tudo de lado, minha garota — disse ele. — Ou então, é provável, você vai se arrepender.

Ele foi até a copa, calçou as botas (Lily era exigente com o chão da cozinha) e saiu.

Lily continuava sentada à mesa, com a cabecinha arguta e tola resolvendo as coisas. É claro que ela não podia exatamente ir contra o que o marido dizia, mas mesmo assim... Jim era tão teimoso, tão limitado. Ela desejou que houvesse mais alguém a quem pudesse perguntar. Alguém que saberia tudo sobre recompensas e a polícia e o que tudo isso significava. Seria uma pena desistir da chance de ganhar um bom dinheiro.

Aquele rádio de pilha... um permanente no cabelo... aquele casaco cor de cereja na Russell (muito elegante)... até, talvez, um conjunto jacobino completo para a sala de estar...

Ansiosa, gananciosa, míope, ela continuou sonhando...

O que Layonee havia dito tantos anos atrás, *exatamente*?

Então lhe ocorreu uma ideia. Ela se levantou e pegou o tinteiro, a caneta e um bloco de papel para escrever.

— É isso o que vou fazer — disse para si mesma. — Vou escrever para o médico, irmão de Mrs. Halliday. Ele me dirá o que devo fazer, isto é, se ele ainda estiver vivo. De qualquer forma, me sinto mal por nunca ter contado a ele sobre Layonee... ou sobre aquele carro.

Houve silêncio por algum tempo, além do laborioso arranhar da caneta de Lily. Era muito raro que ela escrevesse uma carta, e redigi-la exigiu um esforço considerável.

Contudo, ela enfim terminou, colocou-a em um envelope e o selou.

Mas ela ficou menos satisfeita do que esperava. Provavelmente o médico já havia morrido ou ido embora de Dillmouth.

Havia mais alguém?

Qual era mesmo o nome daquele sujeito?

Se ao menos ela conseguisse se lembrar *disso*...

Capítulo 20

A jovem Helen

Giles e Gwenda tinham acabado de tomar o café, na manhã seguinte ao retorno de Northumberland, quando Miss Marple foi anunciada. Ela entrou como quem já vem pedindo desculpas.

— Receio que eu tenha vindo muito cedo. Não é uma coisa que tenho o hábito de fazer. Mas tinha uma coisa que eu queria explicar.

— Estamos muito felizes em vê-la — disse Giles, puxando uma cadeira para ela. — Tome uma xícara de café.

— Ah, não, não, obrigada, não quero nada. Já tomei café da manhã, até demais. Agora, permitam-me explicar. Vim aqui enquanto vocês estavam fora, como gentilmente disseram que eu poderia, e aproveitei para cuidar um pouco do jardim...

— A senhora foi um anjo — afirmou Gwenda.

— E de fato me ocorreu que dois dias por semana não são o bastante para este jardim. De todo modo, acho que Foster está se aproveitando de vocês. Muito chá e muita conversa. Descobri que ele próprio não teria como vir em outro dia, por isso decidi contratar outro homem apenas um dia por semana, às quartas-feiras, hoje, na verdade.

Giles olhou para ela com curiosidade. Ele ficou um pouco surpreso. A intenção poderia ser gentil, mas a ação de Miss Marple tinha um leve tom de intromissão. E intrometer-se não era habitual para ela.

Ele disse, devagar:

— Foster é velho demais, eu sei, para tanto trabalho.

— Receio, Mr. Reed, que Manning seja ainda mais velho. Tinha 75 anos, ele me disse. Mas, veja bem, pensei que empregá-lo, apenas por alguns dias, poderia ser uma medida bastante vantajosa, porque, muitos anos antes, ele trabalhava com o Dr. Kennedy. A propósito, o nome do rapaz de quem Helen ficou noiva era Afflick.

— Miss Marple — disse Giles —, eu a caluniei em pensamento. A senhora é um gênio. A senhora sabia que recebi de Kennedy aqueles exemplos da caligrafia de Helen?

— Eu sei. Eu estava aqui quando ele os trouxe.

— Vou postá-los hoje. Recebi o endereço de um bom especialista em caligrafia na semana passada.

— Vamos ao jardim ver Manning — sugeriu Gwenda.

Manning era um velho recurvado, de aparência ranzinza, com olhos remelentos e um tanto astutos. O ritmo com que varria o caminho com um ancinho acelerou visivelmente à medida que seus empregadores se aproximaram.

— Bom dia, senhor. Bom dia, senhora. Disseram que os senhores poderiam precisar de uma ajudinha extra nas quartas-feiras. Será um prazer. Este lugar parece ter sido negligenciado de maneira vergonhosa.

— Creio que o jardim tenha sido abandonado por alguns anos.

— Foi mesmo. Eu lembro, lembro, sim, dos tempos de Mrs. Findeyson. Era como uma pintura, na época. Ela gostava muito do jardim, Mrs. Findeyson.

Giles ficou à vontade com um rolo de gramado. Gwenda cortou alguns botões de rosa. Miss Marple, um pouco afastada, debruçou-se sobre a trepadeira. O velho Manning apoiou-se no ancinho. Estava tudo pronto para uma tranquila discussão matinal sobre o passado e a jardinagem dos bons e velhos tempos.

— Imagino que o senhor conheça a maior parte dos jardins daqui — disse Giles, estimulando-o.

— É, eu conheço esse lugar mais ou menos bem, conheço, sim. E as invencionices das pessoas. Mrs. Yule, lá em Niagra, tinha uma cerca viva de teixo que era cortada na forma de um esquilo. Eu achava bobo. Pavões são uma coisa e esquilos são outra. Na época, o Coronel Lampard era um grande apreciador de begônias, tinha lindos canteiros. Hoje em dia está fora de moda, ter canteiros delas. Prefiro não lembrar quantas vezes tive que desfazer canteiros nos jardins da frente das casas e trocá-los por gramados, nos últimos seis anos. Parece que, hoje em dia, as pessoas não têm mais interesse em gerânios nem em uma boa lobélia.

— O senhor trabalhou para o Dr. Kennedy, não foi?

— Sim. Isso foi há muito tempo. Deve ter sido de 1920 em diante. Ele se mudou, desistiu. O jovem Dr. Brent está agora na Cabana Crosby. Ele tem umas ideias engraçadas, uns comprimidos brancos e coisas assim. "Vitapinas", como ele os chama.

— Imagino que o senhor se lembre de Miss Helen Kennedy, a irmã do médico.

— É, eu me lembro perfeitamente de Miss Helen. Ela era uma linda donzela, com um longo cabelo loiro. Deu bastante trabalho para o doutor. Ela voltou e morou nesta mesma casa aqui, depois que se casou. Um cavalheiro do Exército da Índia.

— Sim — disse Gwenda. — Nós sabemos.

— É. Eu ouvi falar, sábado à noite, que a senhora e seu marido eram algum tipo de parente. Miss Helen era linda como uma pintura quando saiu da escola. Sempre se divertindo, também. Queria ir a todos os lugares, dançar, jogar tênis e tudo mais. Precisei marcar a quadra... não era usada havia quase vinte anos, acho. E os arbustos tinham tomado conta. Tive que os cortar. E *ainda* precisei pegar bastante cal e amarrar a rede. Deu bastante trabalho, e no final quase não foi aproveitada. Sempre achei isso uma coisa engraçada.

— O que era engraçado? — perguntou Giles.

— O negócio da quadra de tênis. Alguém foi lá uma noite e cortou a rede em pedacinhos. Em pedacinhos. Por maldade, como se diz. Foi isso mesmo, por pura maldade.

— Mas quem faria algo assim?

— Isso é o que o doutor queria saber. Ele ficou muito chateado com isso, e não o culpo. "Recém-paguei por ela", disse ele. Mas nenhum de nós sabia quem tinha feito aquilo. Nunca soubemos. E ele disse que não iria colocar outra. E com razão, também, pois quem faz uma vez por maldade faz de novo. Mas Miss Helen ficou chateada. Ela não estava com sorte, Miss Helen. Primeiro aquela rede... e depois o pé machucado.

— Pé machucado? — perguntou Gwenda.

— Sim, tropeçou em um ancinho ou algo assim, e se cortou. Não parecia ser mais do que um arranhão, mas não sarava. O doutor ficou bastante preocupado. Ele estava cuidando e fazendo curativos, mas não melhorava. Lembro-me dele dizendo: "Não consigo entender, devia ter alguma coisa específica naquele ancinho. E, de qualquer forma, o que o ancinho estava fazendo no meio da entrada?". Porque era onde o objeto estava quando Miss Helen caiu, voltando para casa em uma noite escura. A pobre moça, lá estava ela, querendo ir ao baile e tendo que ficar sentada com o pé para cima. Parecia que não havia algo além de azar na vida dela.

"Chegou o momento", pensou Giles. Ele perguntou em um tom casual:

— O senhor se lembra de alguém chamado Afflick?

— Sim. O senhor quer dizer Jackie Afflick? Que trabalhava no escritório Fane & Watchman?

— Sim. Ele não era amigo de Miss Helen?

— Aquilo foi só uma bobagem. O doutor acabou com aquilo, e com razão. Ele não tinha classe, esse Jackie Afflick. E era do tipo espertalhão. Gente desse tipo sempre mete o pé pelas mãos, no final. Mas ele não ficou aqui por muito tempo. Meteu-se em confusão. Já foi tarde. Não queremos gente como ele em Dillmouth. Ele que fosse ser espertinho em outro lugar qualquer.

— Ele estava aqui quando a rede de tênis foi cortada? — perguntou Gwenda.

— Sim. Sei no que a senhora está pensando. Mas ele não faria uma coisa sem sentido como essa. Ele era inteligente, Jackie Afflick. Quem fez isso fez só por despeito.

— Havia alguém que desejasse mal a Miss Helen? Que poderia estar guardando rancor?

O velho Manning riu baixinho.

— Algumas das moças poderiam estar guardando rancor, sem dúvida. Nenhuma que chegasse aos pés de Miss Helen, na maioria. Não, eu diria que isso foi feito só por maldade. Algum vagabundo querendo se vingar.

— Helen ficou muito chateada com Jackie Afflick? — perguntou Gwenda.

— Não pense que Miss Helen se importasse muito com qualquer um dos rapazes. Ela gostava de se divertir, só isso. Alguns deles eram muito dedicados. O jovem Mr. Walter Fane, por exemplo. Seguia-a feito um cachorrinho.

— Mas ela não se importava nem um pouco com ele?

— Miss Helen, não. Apenas ria, era tudo o que ela fazia. Ele foi para fora, para o estrangeiro. Mas voltou mais tarde. É o chefão da empresa agora. Nunca se casou. Não o culpo. As mulheres causam muitos problemas na vida de um homem.

— O senhor é casado? — perguntou Gwenda.

— Já enterrei duas esposas — respondeu o velho Manning. — É, bem, não posso reclamar. Agora fumo meu cachimbo em paz onde eu quiser.

No silêncio que se seguiu, ele pegou o ancinho de novo.

Giles e Gwenda voltaram pelo caminho em direção à casa, e Miss Marple, desistindo do ataque à trepadeira, juntou-se a eles.

— Miss Marple — disse Gwenda —, a senhora não parece bem. Há alguma coisa...

— Não é nada, minha querida. — A velha senhora fez uma pausa antes de dizer, com uma estranha insistência: — Sabe, não gosto dessa história sobre a rede de tênis. Cortada em pedacinhos. Ainda assim...

Ela parou. Giles olhou para ela com curiosidade.

— Não sei se entendi muito bem... — começou ele.

— Não? Parece muito claro para mim. Mas talvez seja melhor que você não entenda. E, de todo modo, talvez eu esteja errada. Agora me conte como vocês se saíram em Northumberland.

Eles lhe contaram o que aconteceu e Miss Marple ouviu com atenção.

— É de fato tudo muito triste — disse Gwenda. — Bastante trágico, na verdade.

— Sim, de fato... Que sofrimento.

— Foi o que pensei. Como esse homem deve sofrer...

— Ele? Ah, sim. Sim, claro.

— Mas a senhora quis dizer...

— Bem, sim... eu estava pensando nela... na esposa. Provavelmente é apaixonada por ele, e ele se casou com ela porque era adequada, ou porque sentia pena dela, ou por uma daquelas razões muito gentis e sensatas que os homens costumam encontrar e que na verdade são terrivelmente injustas.

— "Conheço cem formas de amar, e todas trazem ao amado pesar..." — recitou Giles, suave.

Miss Marple virou-se para ele.

— Sim, isso é verdade. O ciúme, sabe, em geral não é uma questão de causas. É muito mais... como posso dizer?... fundamental do que isso. Baseado na impressão de que o amor não é correspondido. E assim continuamos esperando, observando, prevendo... que o ente querido se volte para outra pessoa. O que, de novo, invariavelmente acontece. Portanto, essa Mrs. Erskine tornou a vida do marido um inferno, e ele, sem poder evitar, tornou a vida dela um inferno.

· UM CRIME ADORMECIDO ·

157

Mas acho que ela sofreu mais. E, no entanto, sabe, ouso dizer que ele gosta muito dela.

— Não pode ser — disse Gwenda.

— Ah, minha querida, você é muito jovem. Ele nunca abandonou a esposa, e isso significa alguma coisa, sabe.

— Por causa dos filhos. Porque era o dever dele.

— Os filhos, talvez — disse Miss Marple. — Mas devo confessar que os cavalheiros não me parecem ter grande consideração pelo dever no que diz respeito às esposas. Já o serviço público, isso é outra questão.

Giles riu.

— Que cínica maravilhosa a senhora é, Miss Marple.

— Ah, nossa, Mr. Reed, realmente *espero* que não. A gente sempre mantém alguma *esperança* na natureza humana.

— Ainda não creio que tenha sido Walter Fane — disse Gwenda, pensativa. — E tenho certeza de que não foi o Major Erskine. Na realidade, *eu sei* que não foi.

— Os sentimentos nem sempre são guias confiáveis — argumentou Miss Marple. — As pessoas mais improváveis fazem coisas... Foi uma grande comoção em meu pequeno vilarejo quando descobriram que o tesoureiro do Clube de Natal havia investido cada centavo dos fundos em um cavalo. Ele desaprovava corridas de cavalos e, na verdade, qualquer tipo de apostas ou jogos de azar. O pai dele era agente de turfe e tratava muito mal a mãe. Portanto, do ponto de vista intelectual, ele estava sendo bem sincero. Mas, um dia, ele estava viajando de carro perto de Newmarket e viu alguns cavalos treinando. E se deixou levar... o sangue falou mais alto.

— Os antecedentes de Walter Fane e Richard Erskine parecem acima de qualquer suspeita — disse Giles, com seriedade, mas com uma ligeira torção divertida na boca. — Porém, o assassinato é um crime amador.

— O importante — ressaltou Miss Marple — é que eles estavam lá. No local. Walter Fane estava aqui em Dillmouth. O Major Erskine, segundo ele mesmo, deve ter estado com

Helen Halliday pouco antes da morte dela. E ele demorou a voltar ao hotel naquela noite.

— Mas ele foi bastante honesto sobre isso. Ele... — Gwenda interrompeu-se.

Miss Marple olhava para ela com muita atenção.

— Só quero enfatizar — disse a senhorinha — a importância de estarem *no local*.

Ela olhou de um para o outro. Então disse:

— Acho que vocês não terão dificuldade em descobrir o endereço de J.J. Afflick. Como proprietário da Viação Narciso, deve ser bastante fácil.

Giles assentiu.

— Vou cuidar disso. Provavelmente está na lista telefônica. — Ele fez uma pausa. — A senhora acha que deveríamos vê-lo?

Miss Marple esperou por um instante, e depois disse:

— Se o fizer, terão que ser muito cuidadosos. Lembrem-se do que aquele velho jardineiro acabou de dizer: Jackie Afflick é inteligente. Por favor, *por favor*, tenham cuidado...

Capítulo 21

J.J. Afflick

J.J. Afflick, Viação Narciso, Devon & Dorset Turismo etc., tinha dois números registrados na lista telefônica. Um endereço comercial em Exeter e um particular nos arredores da cidade.

Foi marcada uma hora para o dia seguinte.

No momento em que Giles e Gwenda saíam com o carro, Mrs. Cocker veio correndo e gesticulando. Giles pisou no freio e parou.

— É o Dr. Kennedy ao telefone, senhor.

Giles saiu e voltou correndo. Ele pegou o receptor.

— É Giles Reed aqui.

— Bom dia. Acabei de receber uma carta bastante estranha. De uma mulher chamada Lily Kimble. Estive quebrando a cabeça para lembrar quem ela é. Achei primeiro que fosse uma paciente, isso me tirou o foco. Mas acho agora que ela deve ser uma moça que já trabalhou em sua casa. Uma empregada doméstica que conhecemos na época. Tenho quase certeza de que o nome dela era Lily, embora não me lembre do sobrenome dela.

— *Havia* uma Lily. Gwenda se lembra dela. Ela prendeu um laço no gato.

— Gwennie deve ter uma memória notável.

— Ah, ela tem, sim.

— Bem, gostaria de falar com vocês sobre esta carta, mas não por telefone. Vocês estarão aí mais tarde?

— Estamos a caminho de Exeter. Poderíamos visitá-lo, se preferir, senhor. Fica no caminho.

— Certo. Assim fica tudo ótimo.

Assim que chegaram, o médico explicou:

— Não gosto de falar muito sobre tudo isso por telefone. Sempre tenho a impressão de que as telefonistas ficam ouvindo. Aqui está a carta da mulher.

Ele a abriu sobre a mesa. Lily Kimble havia escrito em papel pautado barato e com a letra de uma pessoa semianalfabeta:

Caro senhor,

Ficaria muito grata se o senhor pudesse me falar mais sobre o qui recortei do jornal. Estive pensando e falei disso com Mr. Kimble, mas não sei o qui é melhor fazer a respeito. O senhor acha qui isso quer dizer dinheiro ou uma recompensa purque eu podia usar esse dinheiro, tenho certeza, mas não quiria saber de polícia ou coisa do tipo. Pensei muitas vezes naquela noite em qui Mrs. Halliday foi embora e não acho senhor qui ela fez isso purque as roupa estavam erradas. Nu começo achei qui o patrão tinha acabado com ela, mas agora não tenho tanta certeza por causa do carro que vi da janela. Era um carro chique e eu já tinha visto ele antes, mas não quiria fazer nada sem antes perguntar se isso tudo é só formalidade ou se não é coisa da polícia, purque nunca me envolvi com polícia e Mr. Kimble não ia gostar. Eu poderia ir vê-lo, senhor, se puder, na próxima quinta-feira, pois é dia de feira e Mr. Kimble estará fora. Ficaria muito grata se o senhor pudesse.

Respeitosamente,
Lily Kimble.

— Foi endereçada a minha antiga casa em Dillmouth — disse Kennedy — e enviada para mim aqui. O recorte é o anúncio de vocês.

— Que maravilhoso! — exclamou Gwenda. — Essa Lily, vejam só, ela não acha que foi meu pai quem fez isso! — falou, com júbilo.

O Dr. Kennedy olhou para ela com olhos cansados e bondosos.

— Isso é bom para você, Gwennie — disse ele, com delicadeza. — Espero que você esteja certa. Agora, acho que o melhor a fazermos é isso. Vou responder à carta e direi a ela para vir aqui na quinta-feira. A conexão ferroviária é muito boa. Fazendo baldeação na conexão de Dillmouth, ela poderá chegar pouco depois das 16h30. Se vocês dois vierem nessa mesma tarde, podemos falar com ela todos juntos.

— Esplêndido — falou Giles. Ele olhou para o relógio. — Vamos, Gwenda, precisamos nos apressar. Temos um encontro marcado — explicou ele — com Mr. Afflick, da Viação Narciso, e, pelo que ele nos disse, é um homem ocupado.

— Afflick? — Kennedy franziu a testa. — Claro! Passeios em Devon da Viação Narciso, uns ônibus horríveis cor de manteiga. Mas o nome me pareceu familiar de alguma outra forma.

— Helen — disse Gwenda.

— Meu Deus, não aquele sujeito?

— Sim.

— Mas ele era um coitado. Então ele subiu na vida?

— O senhor poderia me explicar uma coisa? — perguntou Giles. — O senhor encerrou algum negócio estranho entre ele e Helen. Foi apenas por causa da... bem, da posição social dele?

O Dr. Kennedy lançou-lhe um olhar seco.

— Sou antiquado, meu jovem. Hoje em dia, prega-se que todos os homens são iguais. Isso é moralmente válido, sem dúvida. Mas acredito no fato de que exista um estado de vida no qual você nasce... e acredito que você é mais feliz permanecendo nele. Além disso — acrescentou —, achei que ele não fosse a pessoa certa. Como provou não ser.

— O que ele fez, exatamente?

— Isso eu não consigo recordar agora. Pelo que lembro, foi um caso em que ele tentou lucrar com algumas informações obtidas por meio do trabalho na Fane. Algum assunto confidencial relacionado a um dos clientes.

— Ele ficou... ressentido com a demissão?

Kennedy lançou-lhe um olhar cortante e respondeu, sucinto:

— Sim.

— E não havia outro motivo para o senhor não gostar da amizade dele com sua irmã? O senhor não achou que ele fosse... bem... estranho de alguma forma?

— Já que você tocou no assunto, vou ser franco. Pareceu-me, sobretudo após a demissão dele, que Jackie Afflick exibia certos sinais de ter um temperamento desequilibrado. Uma pequena mania de perseguição, na verdade. Mas isso não parece ter se confirmado pela subsequente ascensão na vida.

— Quem o demitiu? Walter Fane?

— Não faço ideia se Walter Fane estava envolvido. Ele foi demitido pela empresa.

— E ele reclamou que era uma vítima?

Kennedy assentiu.

— Compreendo... Bem, precisamos correr. Até quinta-feira, senhor.

A casa havia sido recém-construída. Era de cimento Portland branco, bastante curva, com janelas enormes. Eles foram conduzidos por um salão opulento até um escritório, metade do qual era dominado por uma grande mesa cromada.

Gwenda murmurou nervosamente para Giles:

— Na verdade, não sei o que teríamos feito sem Miss Marple. Nós nos apoiamos nela a cada passo. Primeiro, os amigos dela em Northumberland, e agora o passeio anual do Clube de Meninos da esposa do vigário.

Giles ergueu a mão em advertência quando a porta foi aberta e J.J. Afflick entrou na sala.

Ele era um homem corpulento de meia-idade, vestido com um terno agressivamente xadrez. Seus olhos eram escuros e astutos; o rosto, rubicundo e bem-humorado. Ele parecia a ideia que se faz de um agente de apostas bem-sucedido.

— Mr. Reed? Bom dia. Prazer em conhecê-lo.

Giles apresentou Gwenda. Ela sentiu a mão ser tomada com um aperto excessivamente zeloso.

— E o que posso fazer por você, Mr. Reed?

Afflick sentou-se atrás da mesa imensa. Ele ofereceu cigarros em uma caixa de ônix.

Giles começou a falar sobre o passeio do Clube dos Meninos. O negócio era gerido por velhos amigos dele. Ele estava ansioso para organizar uma viagem de alguns dias em Devon.

Afflick respondeu de maneira profissional, citando preços e fazendo sugestões. Mas havia uma expressão um pouco confusa em seu rosto.

Enfim, ele disse:

— Bem, tudo isso está bastante claro, Mr. Reed, e vou lhe enviar uma carta para confirmar. Mas isso é um negócio feito estritamente no escritório. Soube pelo meu funcionário que o senhor queria um encontro particular em meu endereço particular.

— Sim, Mr. Afflick. Na verdade, havia dois assuntos sobre os quais eu queria conversar com o senhor. Do primeiro já tratamos. O outro é um assunto puramente privado. Minha esposa aqui está muito ansiosa para entrar em contato com a madrasta, que ela não vê há muitos anos, e nos perguntamos se você poderia nos ajudar.

— Bem, se me disser o nome da senhora... presumo que seja uma conhecida minha?

— Você a conheceu, há tempos. O nome dela é Helen Halliday e antes do casamento ela era Miss Helen Kennedy.

Afflick ficou imóvel. Ele semicerrou os olhos e inclinou a cadeira devagar para trás.

— Helen Halliday... não me lembro... Helen Kennedy...

— Morava em Dillmouth — acrescentou Gwenda.

As pernas da cadeira de Afflick baixaram de forma brusca.

— Lembrei — disse ele. — Claro. — O rosto redondo e vermelho dele brilhava de satisfação. — A pequena Helen Kennedy! Sim, eu me lembro dela. Mas já tem muito tempo. Deve fazer uns vinte anos.

— Dezoito.

— É mesmo? O tempo voa, como diz o ditado. Mas temo ter que a decepcionar, Mrs. Reed. Nunca mais vi Helen desde aquela época. Nem mesmo tive notícias dela.

— Ah, poxa vida — disse Gwenda. — Isso é muito decepcionante. Achamos que o senhor poderia ajudar.

— Qual é o problema? — Os olhos dele piscaram com rapidez, passando de um rosto para outro. — Briga? Saiu de casa? Questão de dinheiro?

Gwenda respondeu:

— Ela foi embora... de repente... de Dillmouth... há dezoito anos com... com alguém.

Jackie Afflick disse, de um modo divertido:

— E você pensou que ela poderia ter ido embora comigo? Ora, por quê?

Gwenda falou, com ousadia:

— Porque ouvimos dizer que o senhor... e ela... já... foram... bem, que gostavam um do outro.

— Eu e Helen? Ah, mas não havia nada nisso. Apenas um namorico, que nenhum de nós levou a sério. — Ele acrescentou, seco: — Não fomos encorajados a fazer isso.

— O senhor deve estar nos achando terrivelmente impertinentes — começou Gwenda.

Ele a interrompeu:

— O que tem de mais? Não sou sensível. Você quer encontrar uma determinada pessoa e acha que posso ajudar. Pergunte-me o que quiser. Não tenho algo a esconder. — Ele olhou para ela, pensativo. — Então você é a filha de Halliday?

— Sim. O senhor conheceu meu pai?

Ele negou com a cabeça.

— Uma vez fui visitar Helen, quando estava em Dillmouth a negócios. Ouvi dizer que ela era casada e morava lá. Ela foi bastante educada — ele fez uma pausa —, mas não me convidou para o jantar. Não, não conheci seu pai.

"Teria havido", perguntou-se Gwenda, "algum traço de rancor em 'Ela não me convidou para ficar para jantar'?"

— O senhor lembra se, por acaso, ela parecia feliz?

Afflick encolheu os ombros.

— Feliz o suficiente. Mas já faz muito tempo. Eu teria me lembrado se ela parecesse infeliz. — Ele acrescentou com o que parecia uma curiosidade perfeitamente natural: — Você quer dizer que nunca teve notícias dela desde Dillmouth, há dezoito anos?

— Nada.

— Nem... cartas?

— Houve duas cartas — disse Giles. — Mas temos alguns motivos para acreditar que ela não as escreveu.

— Você acha que ela não as escreveu? — Afflick pareceu um pouco entretido. — Parece um mistério cinematográfico.

— Isso é o que parece para nós.

— E o irmão, o médico, ele não sabe onde ela está?

— Não.

— Compreendo. Um mistério comum, não é? Por que não colocam um anúncio?

— Nós colocamos.

Afflick disse, de forma casual:

— Parece-me que ela está morta. A notícia pode não ter chegado a vocês.

Gwenda teve um calafrio.

— Está com frio, Mrs. Reed?

— Não. Eu estava pensando em Helen morta. Não gosto de pensar nela morta.

— Você está certa. Eu mesmo não gosto de imaginar. Ela tinha uma aparência deslumbrante.

Gwenda disse, de modo impulsivo:

— O senhor a conhecia. E a conhecia bem. Tudo o que tenho dela é uma lembrança de criança. Como ela era? O que as pessoas sentiam por ela? O que o senhor sentia?

Ele a observou por alguns instantes.

— Serei honesto com a senhora, Mrs. Reed. Quer acredite ou não, sentia pena da moça.

— Perdão? — Ela lançou um olhar perplexo para ele.

— Foi só isso. Lá estava ela, recém-saída do colégio. Ansiando por um pouco de diversão, como qualquer garota faria, e havia aquele irmão de meia-idade empertigado nela, com ideias sobre o que uma garota podia ou não fazer. Aquela moça não podia nem se divertir. Bem, eu saí com ela por um tempo, mostrei a ela um pouco da vida. Eu não estava muito interessado nela, e ela não estava de fato interessada em mim. Ela só gostava da diversão de ser ousada. Então, é claro que descobriram que estávamos nos encontrando, e ele pôs um fim nisso. Não o culpo, na verdade. Ela estava acima de mim. Não estávamos noivos nem qualquer coisa parecida. Eu pretendia me casar algum dia, mas não tão jovem. E eu pretendia seguir em frente e encontrar uma esposa que me ajudasse a progredir. Helen não tinha dinheiro, e não teríamos sido um par adequado de modo algum. Éramos apenas bons amigos flertando um pouco.

— Mas o senhor deve ter ficado irritado com o doutor…

Gwenda fez uma pausa, e Afflick disse:

— Fiquei irritado, admito. A gente não gosta de ouvir que não é bom o suficiente. Mas de nada serve ser muito sensível.

— E então — começou Giles — o senhor perdeu o emprego.

O rosto de Afflick assumiu uma expressão não tão agradável.

— Eu fui demitido. Mandado embora da Fane & Watchman. E tenho um bom palpite de quem foi o responsável por isso.

— É mesmo? — Giles soou interrogativo, mas Afflick balançou a cabeça.

— Não estou afirmando nada. Tenho minhas próprias ideias. Fui incriminado, só isso, e tenho uma hipótese muito clara de quem fez isso. E do motivo! — A cor inundou suas bochechas. — Um trabalho sujo — continuou ele. — Espionar um homem, preparar armadilhas para ele, mentir sobre ele. Ah, eu tive meus inimigos, tudo bem. Mas nunca deixei que eles me derrubassem. Sempre dei o melhor de mim. E eu *não esqueço*.

Parou de falar. De repente, a postura dele mudou outra vez. Estava alegre de novo.

— Então, não posso ajudá-los, infelizmente. Eu e Helen nos divertimos um pouco... e isso foi tudo. Nada além.

Gwenda olhou para ele. "A história estava bem clara", pensou, "mas seria verdade?" Algo estava fora do lugar, e ela percebeu o que era.

— Mesmo assim — disse ela —, o senhor a procurou quando foi para Dillmouth mais tarde.

Ele riu.

— Aí você me pegou, Mrs. Reed. Sim, fiz isso. Eu queria mostrar a ela que talvez eu não estivesse por baixo só porque um advogado carrancudo tinha me expulsado do escritório dele. Eu tinha um bom negócio, dirigia um carro luxuoso e me saí muito bem.

— Você foi vê-la mais de uma vez, não foi?

Ele hesitou por um momento.

— Duas vezes... talvez três. Só de passagem. — Ele assentiu com súbita determinação. — Desculpe, não tenho como ajudá-los.

Giles levantou-se.

— Nós que temos que nos desculpar por tomar tanto de seu tempo.

— Está tudo bem. É uma boa mudança falar dos velhos tempos.

A porta se abriu, e uma mulher entrou e logo pediu desculpa:

— Ah, sinto muito, não sabia que o senhor estava com alguém...

— Entre, querida, entre. Conheçam minha esposa. Estes são Mr. e Mrs. Reed.

Mrs. Afflick os cumprimentou. Ela era uma mulher alta, magra, de aparência deprimida, vestida com roupas de corte de alta-costura.

— Estávamos conversando sobre os velhos tempos — disse Mr. Afflick. — De antes de eu conhecê-la, Dorothy. — Ele se virou para eles e disse: — Conheci minha esposa em um cruzeiro. Ela não vem desta parte do mundo. Ela é prima de Lord Polterham.

Ele falava com orgulho; a mulher magra corou.

— São muito bons esses cruzeiros — comentou Giles.

— Muito educativos — concordou Afflick. — Ora, eu mesmo não recebi uma educação digna de nota.

— Sempre digo a meu marido que deveríamos fazer um daqueles cruzeiros helênicos — disse Mrs. Afflick.

— Não tenho tempo. Sou um homem ocupado.

— E não devemos tomar mais de seu tempo — falou Giles. — Adeus e obrigado. O senhor pode me informar sobre o orçamento do passeio?

Afflick os acompanhou até a porta. Gwenda olhou por cima do ombro. Mrs. Afflick estava parada à porta do escritório. O rosto dela, colado às costas do marido, era curiosa e desagradavelmente apreensivo.

Giles e Gwenda se despediram mais uma vez e seguiram em direção ao carro.

— Poxa vida, esqueci meu cachecol! — exclamou Gwenda.

— Você está sempre esquecendo alguma coisa — disse Giles.

— Não se faça de mártir. Eu já volto.

Ela voltou correndo para a casa. Pela porta aberta do escritório, ouviu Afflick dizer em voz alta:

— O que você quer, se metendo desse jeito? Nunca faz sentido.

— Desculpe, Jackie. Eu não sabia. Quem são essas pessoas e por que elas te incomodaram tanto?

— Elas não me incomodaram. Eu...

Ele parou ao ver Gwenda parada na porta.

— Ah, Mr. Afflick, será que esqueci meu cachecol?

— Cachecol? Não, Mrs. Reed. Não está aqui.

— Que besteira de minha parte. Deve estar no carro.

Ela saiu de novo.

Giles já havia dado a volta com o carro. Perto do meio-fio havia uma grande limusine amarela, resplandecente com cromados.

— Que carrão — elogiou Giles.

— Um carro chique — disse Gwenda. — Você se lembra, Giles? De Edith Pagett, quando ela estava nos contando do que Lily falou? Lily apostava as fichas dela no Capitão Erskine, não no "nosso homem misterioso no carro chamativo". Percebe que o homem misterioso no carro chamativo era Jackie Afflick?

— Sim — respondeu Giles. — E na carta ao médico, Lily mencionou um "carro chique".

Eles se entreolharam.

— Ele estava lá... "no local", como diria Miss Marple... naquela noite. Ah, Giles, mal posso esperar até quinta-feira, para ouvir o que Lily Kimble tem a dizer.

— E se ela ficar com medo e no final não aparecer?

— Ah, ela virá. Giles, se aquele carro chamativo estivesse lá naquela noite...

— Acha que era um "perigo amarelo" como esse aí?

— Admirando meu carrão? — a voz empolgada de Mr. Afflick os tomou de susto. Ele estava debruçado sobre a sebe bem aparada atrás deles. — Meu Botão-de-Ouro, é assim que o chamo. Sempre gostei de carros grandes. Enche os olhos, não é?

— Com certeza, sim — disse Giles.

— Gosto muito de flores — disse Mr. Afflick. — Narcisos, botões-de-ouro, calceolárias... são todos de meu agrado. Aqui está seu cachecol, Mrs. Reed. Ele havia caído atrás da mesa. Adeus. Prazer em conhecê-los.

— Você acha que ele nos ouviu chamar o carro dele de "perigo amarelo"? — perguntou Gwenda enquanto se afastavam.

— Ah, acho que não. Ele parecia bastante amigável, não é? — Giles soava um pouco inquieto.

— Sim, mas não acho que isso queira dizer muito... Giles, aquela esposa dele... ela tem medo dele, eu vi a cara dela.

— O quê? Daquele sujeito jovial e agradável?

— Talvez ele não seja tão jovial e agradável assim... Giles, acho que não gosto de Mr. Afflick... Pergunto-me há quanto tempo ele estava lá entreouvindo nossa conversa... O que dissemos?

— Nada de mais — respondeu Giles.

Mas ainda parecia incomodado.

Capítulo 22

Lilly vai ao encontro

— Ora, macacos me mordam — disse Giles.

Ele havia acabado de abrir uma carta que chegara pelo correio depois do almoço e olhava com completo espanto para seu conteúdo.

— Qual é o problema?

— É o relatório dos especialistas em caligrafia.

— E ela *não* escreveu aquela carta do exterior? — perguntou Gwenda, ansiosa.

— Esse é o problema, Gwenda. Ela *escreveu*, sim.

Eles se entreolharam.

— Então aquelas cartas não eram falsas — disse Gwenda, incrédula. — Elas eram *genuínas*. Helen foi embora de casa naquela noite. E *escreveu* do exterior. E ela não foi estrangulada?

Giles respondeu, com calma:

— Parece ser o caso. Mas é decerto muito perturbador. Eu não entendo. Tudo parece apontar para o outro lado.

— Talvez os especialistas estejam errados?

— Imagino que possam estar. Mas parecem bem confiantes. Gwenda, eu realmente não sei mais o que pensar disso tudo. Estamos fazendo um tremendo papel de idiotas?

— Tudo por causa do meu comportamento bobo no teatro? Vou lhe dizer uma coisa, Giles: vamos visitar Miss Marple. Teremos tempo antes de irmos à casa do Dr. Kennedy, às 16h30.

Miss Marple, porém, reagiu de modo bem diferente do esperado. Ela disse que isso era muito bom.

— Mas, querida Miss Marple — perguntou Gwenda —, o que a senhora quer dizer com isso?

— Quero dizer, minha querida, que alguém não foi tão inteligente quanto poderia ter sido.

— Mas como... de que maneira?

— Um deslize — disse Miss Marple, balançando a cabeça com satisfação.

— Mas como?

— Bem, meu caro Mr. Reed, certamente o senhor percebe como isso restringe o campo.

— Aceitando o fato de que Helen de fato escreveu as cartas, a senhora quer dizer que ela ainda pode ter sido assassinada?

— Quero dizer que pareceu muito importante para alguém que as cartas fossem escritas com a caligrafia de Helen.

— Entendo... Pelo menos acho que entendo. Devem haver certas circunstâncias possíveis nas quais Helen poderia ter sido induzida a escrever aquelas cartas em específico... Isso restringiria as coisas. Mas em que circunstâncias, exatamente?

— Ah, vamos lá, Mr. Reed. O senhor não está pensando de verdade. É bem simples, na realidade.

Giles pareceu irritado e rebelde.

— Não é óbvio para mim, posso garantir.

— Se o senhor puder refletir um pouco...

— Vamos, Giles — disse Gwenda. — Vamos nos atrasar.

Deixaram Miss Marple sorrindo consigo mesma.

— Aquela velha me irrita, às vezes — comentou Giles. — Não sei o que raios ela queria dizer.

Chegaram à casa do Dr. Kennedy a tempo. O próprio médico abriu a porta para eles.

— Deixei minha governanta sair à tarde — explicou ele. — Pareceu-me melhor assim.

Ele foi até a sala de estar, onde uma bandeja de chá com xícaras e pires, pão, manteiga e bolos estava pronta.

— Uma xícara de chá seria uma boa ideia, não? — perguntou ele a Gwenda, um tanto incerto. — Deixará Mrs. Kimble à vontade e tudo mais.

— O senhor está absolutamente certo — disse Gwenda.

— Agora, e quanto a vocês dois? Devo apresentá-los de imediato? Ou isso vai desencorajá-la?

— As pessoas do interior são muito desconfiadas — respondeu Gwenda, devagar. — Acredito que seria melhor se o senhor a recebesse sozinho.

— Também acho — concordou Giles.

O Dr. Kennedy disse:

— Se vocês esperarem no quarto ao lado, e se aquela porta de comunicação ficar entreaberta, vocês conseguirão ouvir o que estiver acontecendo. Dadas as circunstâncias, creio que seria justificado.

— Creio que seria indiscreto, mas realmente não me importo — falou Gwenda.

O Dr. Kennedy abriu um leve sorriso e disse:

— Não acho que haja princípios éticos envolvidos. De todo modo, não tenho intenção de prometer segredo, embora esteja disposto a dar conselhos se me for solicitado. — Ele olhou para o relógio. — O trem para em Woodleigh Road às 16h30. Deve chegar em alguns minutos. Depois ela levará cerca de cinco minutos para subir a colina.

Ele andava inquieto para cima e para baixo na sala. O rosto estava enrugado e abatido.

— Não entendo — disse ele. — Não entendo nem um pouco o que tudo isso significa. Se Helen nunca foi embora daquela casa, se as cartas dela para mim eram falsas... — Gwenda moveu-se de forma brusca, mas Giles balançou a cabeça para ela. O médico continuou: — Se Kelvin, coitado, não a matou, então o que aconteceu?

— Outra pessoa a matou — sugeriu Gwenda.

— Mas, minha menina querida, se outra pessoa a matou, por que Kelvin iria insistir que tinha sido ele?

— Porque ele achava que tinha sido. Ele a encontrou ali na cama e pensou que tinha feito isso. Isso seria uma possibilidade, não seria?

O Dr. Kennedy esfregou o nariz, irritado.

— Como eu poderia saber? Não sou psiquiatra. Foi choque? Uma predisposição nervosa? Sim, suponho que seja possível. Mas quem iria querer matar Helen?

— Acreditamos que tenha sido uma de três pessoas — disse Gwenda.

— Três pessoas? Quem são essas três pessoas? Ninguém poderia ter qualquer motivo possível para matar Helen, a menos que estivessem completamente malucos. Ela não tinha inimigos. Todo mundo gostava dela.

Ele foi até a gaveta da escrivaninha e remexeu o conteúdo.

Estendeu uma foto desbotada. Mostrava uma estudante alta com roupa de ginástica, o cabelo preso para trás e o rosto radiante. Kennedy, um Kennedy mais jovem e de aparência feliz, estava ao lado dela, segurando um cachorrinho terrier.

— Tenho pensado muito nela ultimamente — disse ele, de modo indistinto. — Por muitos anos não pensei nela, quase consegui esquecer... Agora penso nela o tempo todo. Isso é coisa *sua*. — As palavras soaram quase acusadoras.

— Acho que foi coisa *dela* — disse Gwenda.

Ele se virou bruscamente para ela.

— O que quer dizer?

— Só isso. Não consigo explicar. Mas não somos nós, na verdade. Foi a própria Helen.

O som fraco e melancólico de uma locomotiva chegou aos ouvidos deles. O Dr. Kennedy saiu pela janela francesa e eles o seguiram. Um rastro de fumaça apareceu recuando devagar ao longo do vale.

— Lá está o trem — disse Kennedy.

— Chegando na estação?

— Não, indo embora. — Ele fez uma pausa. — Ela estará aqui a qualquer minuto.

Mas os minutos passaram, e Lily Kimble não apareceu.

Lily Kimble saltou do trem na conexão de Dillmouth e atravessou a ponte até o desvio onde o pequeno trem local esperava. Havia poucos passageiros, no máximo meia dúzia. Era um horário tranquilo do dia e, de todo modo, era dia de feira em Helchester.

Dali a pouco o trem partiu, abrindo caminho de forma imponente ao longo de um vale sinuoso. Houve três paradas antes do término em Lounsbury Bay: Newton Langford, Matchings Halt (para Woodleigh Camp) e Woodleigh Bolton.

Lily Kimble olhou pela janela não com os olhos de quem via a paisagem exuberante, mas, em vez disso, de quem via móveis jacobinos estofados em verde-jade...

Ela foi a única pessoa a descer na pequena estação de Matchings Halt. Ela entregou a passagem e saiu pela bilheteria. Já avançando um pouco pela estrada, uma placa escrito PARA WOODLEIGH CAMP indicava uma trilha que levava ao topo de uma colina íngreme.

Lily Kimble tomou a trilha e subiu a colina com rapidez. O caminho contornava um bosque, e, do outro lado, a colina mostrava-se abruptamente coberta de urzes e tojos.

Alguém saiu de trás das árvores e Lily Kimble deu um pulo.

— Meu Deus, que susto — exclamou. — Não esperava encontrá-lo aqui.

— Foi uma surpresa, não foi? Tenho outra para você.

Era muito deserto entre as árvores. Não havia vivalma para ouvir um grito ou uma briga. Na verdade, não houve grito algum, e a briga logo terminou.

Um pombo-torcaz, perturbado, saiu voando do bosque...

— O que pode ter acontecido com a mulher? — perguntou o Dr. Kennedy, irritado.

Os ponteiros do relógio marcavam 16h50.

— Será que ela não se perdeu vindo da estação?

— Eu lhe dei uma explicação bem clara. De todo modo, é bastante simples. Era só virar à esquerda ao sair da estação e depois pegar a primeira estrada à direita. Como disse, são apenas alguns minutos de caminhada.

— Talvez ela tenha mudado de ideia — comentou Giles.

— É o que parece.

— Ou perdido o trem — sugeriu Gwenda.

Kennedy falou, devagar:

— Não, acho mais provável que ela tenha decidido não vir, afinal. Talvez o marido dela tenha intervindo. Essa gente do interior é toda imprevisível.

Ele caminhava para cima e para baixo na sala.

Então foi até o telefone e discou.

— Alô? É da estação? Aqui é o Dr. Kennedy falando. Eu estava esperando alguém às 16h35. Uma camponesa de meia-idade. Alguém pediu direções até minha casa? Ou... o que você disse?

Os outros estavam perto o suficiente para ouvir o tom de voz suave e preguiçoso do único carregador de Woodleigh Bolton.

— Acho que não havia alguém procurando pelo senhor, doutor. Não havia desconhecidos no trem das 16h35. Mr. Narracotts, de Meadows, e Johnnie Lawes, e a filha do velho Benson. Não havia outros passageiros.

— Então ela mudou de ideia — disse o Dr. Kennedy. — Bem, posso oferecer-lhes chá. A chaleira está ligada. Vou lá preparar.

Ele voltou com o bule, e eles se sentaram.

— É um empecilho apenas temporário — disse ele, mais alegre. — Temos o endereço dela. Talvez possamos ir vê-la.

O telefone tocou, e o médico levantou-se para atender.

— É o Dr. Kennedy?

— Sim, sou eu.

— Aqui é o Inspetor Last, da delegacia de polícia de Longford. O senhor esperava que uma mulher chamada Lily Kimble, Mrs. Lily Kimble, viesse visitá-lo esta tarde?

— Esperava. Por quê? Houve algum acidente?

— Não é exatamente o que eu chamaria de acidente. Ela está morta. Encontramos uma carta sua junto ao corpo. Foi por isso que liguei para o senhor. O senhor poderia, por favor, vir à delegacia de polícia de Longford o mais rápido possível?

— Irei agora mesmo.

— Agora, vamos deixar tudo isso bem claro — dizia o Inspetor Last. Ele olhou de Kennedy para Giles e Gwenda, que acompanhavam o médico. Gwenda estava muito pálida e mantinha as mãos firmemente entrelaçadas. — Vocês estavam esperando essa mulher no trem que sai da conexão de Dillmouth às 16h05? E chega a Woodleigh Bolton às 16h30?

O Dr. Kennedy assentiu.

O Inspetor Last olhou para a carta que havia retirado do corpo da mulher morta. Estava tudo bastante evidente. O Dr. Kennedy havia escrito:

Cara Mrs. Kimble,

Terei prazer em aconselhá-la da melhor forma possível. Como a senhora verá no remetente desta carta, não moro mais em Dillmouth. Se a senhora pegar o trem saindo de Coombeleigh às 15h30, faça uma baldeação em Dillmouth e venha de trem de Lounsbury Bay para Woodleigh Bolton, minha casa fica a apenas alguns minutos a pé. Vire à esquerda ao sair da estação e depois pegue a primeira estrada à direita. Minha casa fica no final, à direita. O nome está no portão.

Atenciosamente,

James Kennedy.

— Não foi levantada a possibilidade de ela vir em um trem mais cedo?

— Um trem mais cedo? — O Dr. Kennedy pareceu surpreso.

— Porque foi isso que ela fez. Ela saiu de Coombeleigh não às 15h30, mas às 13h30. Pegou o trem das 14h05 em Dillmouth e desceu não em Woodleigh Bolton, mas em Matchings Halt, a estação anterior.

— Mas isso é extraordinário!

— Ela estava buscando sua consultoria profissional, doutor?

— Não. Aposentei-me da Medicina faz alguns anos.

— Foi o que pensei. O senhor a conhecia bem?

Kennedy balançou a cabeça em negativa.

— Eu não a vejo há quase vinte anos.

— Mas o senhor… hum… a reconheceu agora há pouco?

Gwenda estremeceu, mas os cadáveres não haviam afetado o médico, e Kennedy respondeu, pensativo:

— Dadas as circunstâncias, é difícil dizer se a reconheci ou não. Ela foi estrangulada, presumo?

— Sim. O corpo foi encontrado em um bosque próximo ao caminho que vai de Matchings Halt a Woodleigh Camp. Foi encontrado cerca de 15h50 por um pedestre que descia do acampamento. Nosso cirurgião policial estima a hora da morte entre 14h15 e 15h. Ao que tudo indica, ela foi morta logo depois de deixar a estação. Nenhum outro passageiro desceu em Matchings Halt. Ela foi a única pessoa a descer do trem no local. Agora, por que ela desceu em Matchings Halt? Ela confundiu a estação? Acho pouco provável. De todo modo, ela chegou duas horas adiantada para o encontro com o senhor e não veio no trem sugerido, embora trouxesse consigo sua carta. Agora, qual era o assunto dela com o senhor, doutor?

O Dr. Kennedy procurou no bolso e tirou a carta de Lily.

— Eu trouxe isso comigo. Esse anúncio que ela recortou foi colocado no jornal local por Mr. e Mrs. Reed.

O Inspetor Last leu a carta de Lily Kimble e o recorte.

Depois olhou do Dr. Kennedy para Giles e Gwenda.

— Posso saber a trama por trás de tudo isso? É uma longa história, suponho?

— Dezoito anos — disse Gwenda.

Aos poucos, com muitos acréscimos e parênteses, a história se formou. O Inspetor Last era um bom ouvinte. Ele deixou as três pessoas à sua frente contarem as coisas ao modo delas. Kennedy foi seco e factual, Gwenda foi um pouco incoerente, mas a narrativa tinha poder imaginativo. Giles deu, talvez, a contribuição mais valiosa. Ele foi claro e direto ao ponto, com menos reserva do que Kennedy e mais coerência do que Gwenda. Levou um longo tempo.

Então o Inspetor Last suspirou e resumiu:

— Mrs. Halliday era irmã do Dr. Kennedy e sua madrasta, Mrs. Reed. Dezoito anos atrás ela desapareceu da casa onde vocês moram. Lily Kimble, cujo nome de solteira era Abbott, era uma empregada doméstica da casa na época. Por alguma razão, Lily Kimble inclinou-se, com o passar dos anos, à teoria de que houve um crime. Na época, presumiu-se que Mrs. Halliday havia fugido com um homem de identidade desconhecida. O Major Halliday morreu em um hospício quinze anos atrás, ainda sob a ilusão de que havia estrangulado a esposa... se é que foi uma ilusão... — Ele fez uma pausa. — Todos esses fatos são interessantes, mas um tanto não relacionados. O ponto crucial parece ser: Mrs. Halliday está viva ou morta? Se está morta, quando ela morreu? E o que Lily Kimble sabia? Parece, pelo visto, que ela devia saber algo deveras importante. Tão importante que foi morta para evitar que falasse sobre isso.

— Mas como alguém poderia saber que ela falaria sobre isso, exceto nós? — falou Gwenda.

O Inspetor Last voltou os olhos pensativos para ela.

— É significativo, Mrs. Reed, que ela tenha pegado o trem das 14h05 no lugar do das 16h05 na baldeação de Dillmouth. Deve ter havido alguma razão para isso. Além disso, ela saltou na estação anterior a Woodleigh Bolton. Por quê? Parece-me possível que, *depois* de escrever ao doutor, ela tenha escrito para *outra pessoa*, sugerindo um encontro em Woodleigh Camp, talvez, e que tenha proposto, depois desse encontro, se não fosse satisfatório, ir até o Dr. Kennedy e pedir o conselho dele. É possível que ela suspeitasse de alguma pessoa específica, e pode ter escrito a essa pessoa insinuando esse conhecimento e sugerindo um encontro.

— Chantagem — sugeriu Giles, seco.

— Não creio que ela pensasse dessa forma — disse o Inspetor Last. — Ela foi apenas gananciosa e esperançosa, e estava um pouco confusa sobre o que poderia conseguir disso tudo. Veremos. Talvez o marido possa nos contar mais.

— Eu avisei... — disse Mr. Kimble, sério. — Não se meta nisso, foi o que eu disse. Ela agiu pelas minhas costas. Achou que sabia mais. Isso era típico de Lily. Sempre metida a esperta.

O interrogatório revelou que Mr. Kimble tinha muito pouco a contribuir.

Lily havia trabalhado em St. Catherine antes de ele a ter conhecido e começado a sair com ela. Ela gostava de filmes e havia dito a ele que, provavelmente, já estivera em uma casa onde ocorrera um assassinato.

— Não dei muita bola, não mesmo. Tudo imaginação, pensei. Lily nunca estava satisfeita com as coisas. Ela me contou uma longa bobagem sobre o patrão ter feito algo com a patroa e talvez ter colocado o corpo no porão, e algo sobre uma garota francesa que olhou pela janela e viu alguma coisa ou alguém. "Não dê atenção aos estrangeiros, minha menina", falei. "Eles são todos mentirosos. Não são como nós." E, quando ela continuou falando disso, eu não escutei porque, veja bem, ela estava tirando isso tudo do nada. Gostava de um crimezinho, a Lily. Comprava o *Sunday News* para ler uma série sobre assassinos famosos. Ficava toda empolgada, e gostava de imaginar que já tinha estado em uma casa onde houve um assassinato, bem, imaginar não machuca ninguém. Mas quando ela falou comigo sobre responder a esse anúncio... "Deixe isso pra lá", falei a ela. "Não adianta criar problemas." E, se tivesse feito o que eu disse, ela estaria viva hoje. — Ele pensou por um momento ou dois, e disse: — É, ela estaria viva agora. Metida a esperta, essa era a Lily.

Capítulo 23

Qual deles?

Giles e Gwenda não foram com o Inspetor Last e o Dr. Kennedy interrogar Mr. Kimble. Eles chegaram em casa perto das dezenove horas. Gwenda parecia pálida e adoentada. O Dr. Kennedy disse a Giles:

— Dê um pouco de conhaque para ela e a faça comer alguma coisa, então a ponha na cama. Ela sofreu um grande choque.

— É tão horrível, Giles — ficava dizendo Gwenda. — Tão horrível. Aquela mulher tola, marcando um encontro com o assassino e saindo de casa com tanta confiança... para ser assassinada. Feito uma ovelha no abatedouro.

— Bem, não pense nisso, querida. Afinal de contas, nós sabíamos que havia alguém... um assassino.

— Não, não sabíamos. Não um assassino *hoje em dia*. Digo, havia na *época*, dezoito anos atrás. Mas, de certo modo, não era real... tudo poderia não ter passado de um engano.

— Bem, isso prova que não foi um engano. Você estava certa o tempo todo, Gwenda.

Giles ficou feliz por encontrar Miss Marple em Hillside. Ela e Mrs. Cocker ficaram preocupadas com Gwenda, que recusou o conhaque porque disse que sempre lhe lembrava dos navios a vapor do Canal da Mancha, mas aceitou um pouco de uísque quente com limão, e então, persuadida por Mrs. Cocker, sentou-se e comeu uma omelete. Giles teria falado com determinação sobre outros assuntos, mas Miss Marple, fazendo uso do que Giles admitiu serem táticas superiores, discutiu o crime de uma maneira gentil e indiferente.

— Terrível, querido — disse ela. — E, claro, um grande choque, mas é interessante, devemos admitir. E, claro, estou tão velha que a morte não me choca tanto quanto a vocês... é só algo prolongado e sofrido como o câncer que realmente me perturba. O que importa de verdade é que isso prova em definitivo, e sem qualquer dúvida, que a pobre moça Helen Halliday foi assassinada. Sempre pensamos assim, e agora sabemos.

— E, em sua opinião, deveríamos saber onde está o corpo — completou Giles. — No porão, imagino.

— Não, não, Mr. Reed. Você se lembra de que Edith Pagett disse ter ido até lá na manhã seguinte, porque ficou perturbada com o que Lily havia dito, e não encontrou sinal de algo do tipo... e haveria sinais, você sabe, se alguém estivesse de fato procurando por eles.

— Então o que foi que aconteceu? Foi levada em um carro e jogada no mar de um penhasco?

— Não. Vamos lá, meus queridos, o que mais os impressionou quando vieram para cá? O que impressionou Gwenda, devo dizer. O fato de que da janela da sala não se tinha vista para o mar. Onde você achava, de forma muito apropriada, que os degraus deveriam levar até o gramado... havia, em vez disso, arbustos plantados. Os degraus, que você depois descobriu, estavam originalmente ali, mas em algum momento foram transferidos para o fim do terraço. Por que foram transferidos?

Gwenda olhou para ela, começando a entender.

— A senhora quer dizer que é *lá* que...

— Deve ter havido uma razão para fazer a mudança, e não parece de fato haver uma razão sensata. Francamente, é um lugar tolo para se ter degraus até o gramado. Mas aquela extremidade do terraço é um lugar muito tranquilo... não é visto da casa, exceto por uma janela... a janela do quarto das crianças, no primeiro andar. Não percebem que, se alguém quisesse enterrar um corpo, a terra seria remexida e deveria haver uma razão para que ela estivesse remexida? A razão foi que se decidiu passar os degraus que ficavam na frente da sala de estar para o fim do terraço. Já descobri com o Dr. Kennedy que Helen Halliday e o marido gostavam muito de jardinagem e se dedicavam bastante a isso. O jardineiro diarista apenas cumprira as ordens, e se ele chegasse e encontrasse essa mudança em andamento, com algumas pedras já tendo sido movidas, iria apenas pensar que os Halliday haviam começado o trabalho quando ele não estava lá. O corpo, é claro, poderia ter sido enterrado em qualquer lugar, mas acho que podemos ter certeza de que ele está realmente enterrado no final do terraço, e não em frente à janela da sala de estar.

— Por que podemos ter certeza? — perguntou Gwenda.

— Por causa do que a pobre Lily Kimble disse na carta: ela mudou de ideia sobre o corpo estar no porão por causa do que Léonie viu quando olhou pela janela. Isso deixa tudo muito claro, não é? A menina suíça olhou pela janela do quarto em algum momento da noite e viu a cova sendo cavada. Talvez ela tenha visto até mesmo quem a estava cavando.

— E nunca disse algo à polícia?

— Querida, não havia questionamento na época quanto a ter ocorrido um *crime*. Mrs. Halliday havia fugido com o amante, isso era tudo o que Léonie teria entendido. Provavelmente não conseguia falar inglês muito bem, de qualquer forma. Ela mencionou a Lily, talvez não na hora, mas depois, uma coisa curiosa que observou da janela naquela noite, e isso alimentou em Lily a crença de que um crime havia ocorrido. Mas não tenho dúvidas de que Edith Pagett disse para Lily parar de falar besteiras, e a menina suíça teria aceitado esse ponto de vista e certamente não iria querer se envolver com a polícia. Os estrangeiros parecem sempre ficar nervosos com a polícia quando estão em um país estranho. Então, ela voltou para a Suíça e é provável que nunca tenha pensado nisso outra vez.

— Se ela estiver viva agora — disse Giles —, poderia ser encontrada...

Miss Marple assentiu com a cabeça.

— Talvez.

— Como podemos fazer isso? — perguntou Giles.

— A polícia poderá fazer isso muito melhor do que vocês — disse Miss Marple.

— O Inspetor Last virá aqui amanhã de manhã.

— Então, acho que eu deveria contar a ele... sobre os degraus.

— E quanto ao que eu vi, ou acho que vi, no saguão? — perguntou Gwenda, nervosa.

— Sim, querida. Você foi muito sábia em não ter comentado sobre isso até agora. Muito sábia. Mas acho que chegou a hora.

— Ela foi estrangulada no corredor — disse Giles, devagar —, e então o assassino a carregou para cima e a colocou na cama. Kelvin Halliday entrou, desmaiou com o uísque dopado e, por sua vez, foi levado escada acima para o quarto. Ele acordou e pensou que a tinha matado. O assassino devia estar observando de algum lugar próximo. Quando Kelvin foi até a casa do Dr. Kennedy, o assassino levou embora o corpo, provavelmente o escondeu nos arbustos no final do terraço, e esperou até que todos tivessem ido se deitar e estivessem dormindo para cavar a cova e enterrar o corpo. Isso significa que ele deve ter estado aqui, rondando pela casa, a noite toda?

Miss Marple assentiu.

— Ele precisava estar... *no local*. Lembro-me de você dizer que isso era importante. Precisamos ver qual dos nossos três suspeitos se enquadra melhor nos requisitos. Vejamos Erskine primeiro. Ora, ele definitivamente estava no local.

Ele próprio admitiu que veio da praia com Helen Kennedy por volta das 21 horas. Ele se despediu dela. Mas será que se despediu dela mesmo? Digamos que, em vez disso, ele a tenha estrangulado.

— Mas estava tudo acabado entre eles — falou Gwenda.

— Há muito tempo. Ele mesmo disse que quase nunca ficava sozinho com Helen.

— Mas você não percebe, Gwenda, que, do jeito que devemos encarar as coisas agora, não podemos depender de nada que alguém *fale*.

— Fico muito feliz em ouvi-lo dizer isso — afirmou Miss Marple. — Porque tenho estado um pouco preocupada, sabe, pela forma como vocês dois parecem dispostos a aceitar como fatos todas as coisas que as pessoas lhes contaram. Receio ter uma natureza deveras desconfiada, mas, especialmente em questões de *assassinatos*, estabeleço como regra não considerar como verdade nada do que me é dito, a menos que seja *verificado*. Por exemplo, parece bastante certo que Lily Kimble mencionou que as roupas embaladas e levadas em uma mala não eram as que a própria Helen Halliday teria levado, porque não só Edith Pagett nos contou que Lily disse isso a ela, como também a própria Lily mencionou o fato na carta dela ao Dr. Kennedy. Então isso é um *fato*. O Dr. Kennedy nos contou que Kelvin Halliday acreditava que a esposa o estava drogando em segredo, e Kelvin Halliday, no diário, confirma isso, então aí está outro fato. E é um fato muito curioso, não acham? Contudo, não entraremos nisso agora. Mas eu gostaria de salientar que muitas das suposições que vocês fizeram foram baseadas no que lhes foi dito. Possivelmente dito de forma muito plausível.

Giles olhou fixamente para ela.

Gwenda, com o vigor restaurado, tomou um gole de café e se inclinou sobre a mesa.

— Vamos verificar agora o que três pessoas nos disseram — falou Giles — Vejamos primeiro Erskine. Ele diz que...

— Você cismou com ele — disse Gwenda. — É uma perda de tempo falar sobre ele, porque agora ele está definitivamente fora de questão. Ele não poderia ter matado Lily Kimble.

Giles continuou imperturbável:

— Ele diz que conheceu Helen no navio que ia para a Índia e eles se apaixonaram, mas que não conseguiu deixar a esposa e os filhos, e que eles concordaram em se separar. Suponhamos que não tenha sido bem assim. Suponhamos que ele tenha se apaixonado desesperadamente por Helen, e que tenha sido ela quem não quis fugir com ele. Suponhamos que ele tenha ameaçado que, se ela se casasse com outra pessoa, ele a mataria.

— Muito improvável — disse Gwenda.

— Coisas assim acontecem. Lembre-se do que você ouviu a esposa dele dizer a ele. Você atribuiu tudo ao ciúme, mas pode ter sido verdade. Talvez ela tenha passado por momentos terríveis com ele no que diz respeito às mulheres. Ele pode ser um maníaco sexual.

— Eu não acredito.

— Não, porque as mulheres o acham atraente. Eu, particularmente, acho que há algo um pouco estranho em Erskine. Contudo, vamos prosseguir no meu caso contra ele. Helen rompe o noivado com Fane, volta para casa, se casa com seu pai e se estabelece aqui. E então, de repente, Erskine aparece. Ao que parece, ele vem passar as férias de verão com a esposa. Isso é uma coisa estranha de se fazer, na verdade. Ele admite que veio aqui para ver Helen outra vez. Agora vamos supor que *Erskine* fosse o homem que estava com ela na sala de estar, naquele dia em que Lily a ouviu dizer que tinha medo dele. "Tenho medo de você, sempre tive medo de você, acho que você é louco." E, por estar com medo, ela faz planos de ir morar em Norfolk, mas mantém segredo sobre isso. Ninguém pode saber. Isto é, ninguém saberá até que os Erskine tenham deixado Dillmouth. Até agora isso se encaixa. Chegamos à noite fatal. O que os Halliday estavam fazendo naquela noite, não sabemos...

Miss Marple tossiu.

— Na verdade, visitei Edith Pagett mais uma vez. Ela se lembra de que naquela noite o jantar foi cedo, às dezenove horas, porque o Major Halliday estava indo para alguma reunião. Ela acha que era no Clube de Golfe, ou alguma reunião da paróquia. Mrs. Halliday saiu depois do jantar.

— Certo. Helen encontra Erskine, talvez com hora marcada, na praia. Ele vai embora no dia seguinte. Talvez se recuse a ir. Convence Helen a ir embora com ele. Ela volta para cá e ele vem com ela. Finalmente, em um surto frenético, ele a estrangula. A próxima parte é como já falamos. Ele está meio louco, quer que Kelvin Halliday acredite que foi ele quem a matou. Mais tarde, Erskine enterra o corpo. Vocês se lembram, ele disse a Gwenda que só voltou ao hotel muito tarde porque estava andando por Dillmouth.

— É de se perguntar — disse Miss Marple —, o que a esposa dele estava fazendo?

— Provavelmente enlouquecendo de ciúme — sugeriu Gwenda. — E infernizando-o assim que ele voltou.

— Essa é minha reconstrução — disse Giles. — E é bem possível.

— Mas ele não poderia ter matado Lily Kimble — argumentou Gwenda —, porque ele mora em Northumberland. Então, pensar nele é apenas perda de tempo. Vamos considerar Walter Fane.

— Certo. Walter Fane é do tipo reprimido. Ele parece gentil, calmo e facilmente manipulável. Mas Miss Marple trouxe-nos um testemunho valioso. Walter Fane certa vez ficou tão furioso que quase matou o próprio irmão. É certo que ele era uma criança na época, mas foi surpreendente, porque ele sempre pareceu ter uma natureza gentil e indulgente. De todo modo, Walter Fane se apaixonou por Helen Halliday. Não ficou apenas apaixonado, ficou louco por ela. Ela não o aceita, e ele parte para a Índia. Mais tarde, ela escreve para ele dizendo que irá até onde ele está e se casará com ele. Ela parte. Depois vem o segundo golpe. Ela chega e na mesma hora o abandona. Ela "conheceu alguém no navio". Ela volta para casa e se casa com Kelvin Halliday. Possivelmente Walter Fane pensa que Kelvin Halliday foi a causa original de ela tê-lo recusado. Ele medita a respeito, alimenta um ódio louco e ciumento, e retorna para casa. Ele se comporta de maneira muito indulgente e amigável, faz visitas frequentes, torna-se um animal domesticado orbitando a casa, o fiel Dobbin. Mas talvez Helen perceba que isso não é verdade. Ela tem uma ideia do que está acontecendo por baixo da superfície. Talvez, há muito tempo, ela tenha percebido algo perturbador no jovem e tranquilo Walter Fane. Ela lhe diz: "Acho que sempre tive medo de você". Ela faz planos secretos para sair imediatamente de Dillmouth e ir morar em Norfolk. Por quê? Porque ela tem medo de Walter Fane. Agora voltamos à noite fatal. Aqui, não estamos em terreno muito seguro. Não sabemos o que Walter Fane estava fazendo naquela noite e não vejo qualquer probabilidade de descobrirmos. Mas ele cumpre o requisito de Miss Marple, de estar "no local", a ponto de morar em uma casa que fica a apenas dois ou três minutos a pé. Ele poderia ter dito que ia dormir cedo, com dor de cabeça, ou se trancado no escritório com trabalho a fazer, algo assim. Ele poderia ter feito todas as coisas que decidimos que o assassino fez, e acho que ele seria o mais provável dos três a ter cometido erros em fazer uma mala. Ele não saberia o suficiente sobre o que as mulheres vestem para fazer isso do modo correto.

— Foi esquisito — disse Gwenda. — Naquele dia, no escritório dele, tive a estranha sensação de que ele era como uma casa com as persianas fechadas... e até tive uma ideia fantasiosa de que havia alguém morto na casa. — Ela olhou para Miss Marple e perguntou: — Isso parece muito bobo para a senhora?

— Não, minha querida. Acho que talvez você estivesse certa.

— E agora — falou Gwenda —, chegamos a Afflick. Passeios Afflick. Jackie Afflick, que sempre se achou muito esperto. A primeira coisa contra ele é que o Dr. Kennedy acreditava que ele tinha uma leve mania de perseguição. Digo, ele nunca foi muito são. Contou-nos sobre ele e Helen, mas agora vamos concordar que tudo isso não passava de um monte de mentiras. Ele não a achava apenas uma menina bonita, estava louca e completamente apaixonado por ela. Mas ela não estava apaixonada por ele. Estava apenas se divertindo. Ela era obcecada por homens, como diz Miss Marple.

— Não, querida. *Eu* não falei isso. Nem nada desse tipo.

— Bem, uma ninfomaníaca, se preferir o termo. De qualquer forma, ela teve um caso com Jackie Afflick e depois quis largá-lo. Ele não queria ser abandonado. O irmão a livrou da confusão, mas Jackie Afflick nunca perdoou ou esqueceu. Ele perdeu o emprego... segundo ele, ao ser incriminado por Walter Fane. Isso mostra sinais definitivos de mania de perseguição.

— Sim — concordou Giles. — Mas, por outro lado, se fosse verdade, seria outro ponto contra Fane, e um ponto bastante valioso.

Gwenda continuou:

— Helen viaja para o exterior e ele sai de Dillmouth. Mas nunca a esquece, e quando ela volta para Dillmouth, casada, ele vem visitá-la. Em um primeiro momento, ele disse ter vindo uma vez, mas depois admitiu que veio mais de uma. E, ah, Giles, você não se lembra? Edith Pagett disse alguma coisa sobre "nosso homem misterioso em um carro". Veja, ele vinha com frequência suficiente para fazer os criados falarem. Mas Helen se esforçou em não o convidar para jantar, para não o deixar conhecer Kelvin. Talvez ela tivesse medo dele. Talvez...

Giles a interrompeu:

— Isso pode funcionar nos dois sentidos. Suponhamos que Helen estivesse apaixonada por ele... o primeiro homem por quem nutriu esse sentimento, e suponhamos que ela continuasse apaixonada por ele. Talvez eles tenham tido um caso, e ela não tenha contado a ninguém. Mas talvez ele quisesse que ela fosse embora com ele, e a essa altura ela já estava cansada dele e não quis ir, e então... e assim... ele a matou. E tudo mais. Lily contou na carta ao Dr. Kennedy que havia um carro de luxo parado do lado de fora naquela noite. Era o carro de Jackie Afflick. Jackie Afflick também estava "no local". É uma suposição, mas me parece razoável. — Giles continuou: — Então há as cartas de Helen a serem utilizadas nessa nossa reconstituição. Fiquei intrigado ao pensar nas "circunstâncias", como disse Miss Marple, sob as quais ela poderia ter sido induzida a escrever aquelas cartas. Parece-me que, para explicá-las, temos que admitir que ela realmente *tinha* um amante e que esperava ir embora com ele. Testaremos nossos três candidatos outra vez. Primeiro Erskine. Digamos que ele ainda não estivesse preparado para deixar a esposa ou desfazer a família, mas que Helen tenha concordado em deixar Kelvin Halliday e ir para algum lugar onde Erskine pudesse ficar com ela de vez em quando. A primeira coisa seria desarmar as suspeitas de Mrs. Erskine, então Helen escreve algumas cartas para serem entregues ao irmão no devido tempo, o que dará a impressão de que ela foi para o exterior com alguém. Isso combina muito bem com o fato de ela ser tão misteriosa a respeito de quem é o homem em questão.

— Mas, se ela ia deixar o marido por ele, por que ele a matou? — perguntou Gwenda.

— Talvez porque ela mudou de ideia de repente. Decidiu que, afinal, ela de fato se importava com o marido. Então ele surtou e a estrangulou. Depois, pegou as roupas e a mala, e usou as cartas. Essa é uma explicação perfeitamente boa, que dá conta de tudo.

"O mesmo se aplica a Walter Fane. Imagino que esse escândalo poderia ser desastroso para um advogado de interior. Helen poderia ter concordado em ir a algum lugar próximo onde Fane pudesse visitá-la, mas fingir que tinha viajado para o exterior com outra pessoa. Todas as cartas foram preparadas e então, como você sugeriu, ela mudou de ideia. Walter enlouqueceu e a matou."

— E quanto a Jackie Afflick?

— Com ele é mais difícil encontrar um motivo para as cartas. Eu não consigo imaginar que esse escândalo o afetaria. Talvez Helen tivesse medo, não dele, mas de meu pai, e então pensou que seria melhor fingir que ela tinha partido para o exterior, ou talvez a esposa de Afflick tivesse dinheiro naquela época, e ele queria o dinheiro dela para investir no negócio dele. Ah, sim, há muitas possibilidades para as cartas. Qual a senhora prefere, Miss Marple? — perguntou Gwenda.

— Eu realmente não acho que foi Walter Fane... mas então...

Mrs. Cocker acabara de entrar para retirar as xícaras de café.

— Desculpe-me, senhora — disse ela. — Esqueci completamente. Essa coisa toda sobre uma pobre mulher ter sido assassinada, e a senhora e Mr. Reed envolvidos nisso, não é coisa para a senhora, *justo agora*. Mr. Fane esteve aqui esta tarde perguntando pela senhora. Ele esperou quase meia hora. Parecia pensar que a senhora o aguardava.

— Que estranho — disse Gwenda. — Que horas?

— Deve ter sido por volta das dezesseis horas ou pouco depois. E então, depois disso, veio outro cavalheiro, em um grande carro amarelo. Ele tinha certeza de que a senhora o aguardava. Não aceitaria um não como resposta. Esperou vinte minutos. Fiquei pensando se a senhora planejou convidá-los para o chá e esqueceu.

— Não — falou Gwenda. — Que estranho.

— Vamos ligar para Fane agora — disse Giles. — Ele não deve ter se deitado ainda.

Ele pôs em ação suas palavras.

— Alô, é Fane quem está falando? Aqui é Giles Reed. Ouvi dizer que o senhor veio nos ver esta tarde... O quê...? Não...

não, tenho certeza... não, que estranho. Sim, eu também fico me perguntando.

Ele largou o receptor.

— Aconteceu algo estranho. Ele recebeu uma ligação do escritório hoje de manhã. Foi deixada uma mensagem para que ele viesse nos ver esta tarde. E que seria muito importante.

Giles e Gwenda se entreolharam. Então Gwenda disse:

— Ligue para Afflick.

Novamente Giles foi até o telefone, encontrou o número e ligou. Demorou um pouco mais, mas logo ele conseguiu a conexão.

— Mr. Afflick? Giles Reed, eu...

Ficou evidente que fora interrompido por uma fala do outro lado da linha. Enfim, conseguiu dizer:

— Mas não fizemos isso... não, eu lhe garanto... nada do tipo... sim... sim, eu sei que o senhor é um homem ocupado. Eu nem sonharia em... sim, mas, veja só, quem foi que ligou para o senhor... um homem? Não, estou lhe dizendo que não fui eu. Não... não, compreendo. Sim, concordo, é bastante incomum.

Ele desligou e voltou para a mesa.

— Bem, então é isso — disse ele. — Alguém, um homem dizendo ser eu, ligou para Afflick e pediu que viesse aqui. Algo urgente, uma grande soma de dinheiro envolvida.

Eles se entreolharam.

— Poderia ter sido qualquer um deles — argumentou Gwenda. — Você não vê, Giles? *Qualquer um deles poderia ter matado Lily e vindo aqui como álibi.*

— Não é um álibi, querida — interveio Miss Marple.

— Não me refiro exatamente a um álibi, mas a uma desculpa para estar ausente do escritório. O que quero dizer é que um deles está falando a verdade e o outro está mentindo. Um deles ligou para o outro e pediu-lhe que viesse aqui, para lançar suspeitas sobre ele, mas não sabemos qual. Agora é sem dúvida um problema entre os dois. Fane ou Afflick. E eu digo... que foi Jackie Afflick.

— Acho que foi Walter Fane — disse Giles.

Os dois olharam para Miss Marple. Ela balançou a cabeça.

— Há outra possibilidade — disse.

— Claro. Erskine.

Giles correu até o telefone.

— O que você vai fazer? — perguntou Gwenda.

— Faça uma ligação externa para Northumberland.

— Ah, Giles... você não pode estar realmente pensando que...

— Nós *precisamos* saber. Se ele estiver lá, não pode ter matado Lily Kimble esta tarde. Não tem um jatinho ou coisa desse tipo.

Esperaram em silêncio até o telefone tocar. Giles atendeu.

— O senhor pediu uma chamada para o Major Erskine. Pode falar. O Major Erskine está na linha.

Limpando a garganta, nervoso, Giles disse:

— Er... Erskine? Giles Reed aqui... Reed, sim.

De súbito, ele lançou um olhar angustiado para Gwenda, que dizia tão claro quanto possível: "O que raios eu falo agora?".

Gwenda se levantou e pegou o telefone da mão de Giles.

— Major Erskine? Aqui é Mrs. Reed. Nós ouvimos falar de... de uma casa. Linscott Brake. Ela... ela... o senhor sabe alguma coisa a respeito? Creio que fica em algum lugar perto de vocês.

Escutou-se a voz de Erskine dizendo:

— Linscott Brake? Não, acho que nunca ouvi falar. Qual é o código postal da cidade?

— Está terrivelmente borrado — disse Gwenda. — O senhor sabe, esses anúncios datilografados horríveis que os corretores fazem. Mas diz que fica a quinze milhas de Daith, então pensamos...

— Desculpe. Nunca ouvi falar. Quem mora lá?

— Ah, está vazia. Mas não importa, na verdade nós... nós praticamente já nos decidimos por uma casa. Sinto muito por ter incomodado o senhor. Imagino que o senhor estivesse ocupado.

— Não, de modo algum. Isto é, estava ocupado apenas com coisas da casa. Minha esposa saiu. E a nossa cozinheira teve que ir para a casa da mãe, então estou lidando com a rotina doméstica. Receio não ter muita habilidade para isso. Sou melhor no jardim.

— Sempre preferi a jardinagem às tarefas domésticas. Espero que sua esposa não esteja doente?

— Ah, não, ela foi chamada para ficar com a irmã. Estará de volta amanhã.

— Bem, boa noite, e sinto muito por incomodá-lo.

Ela desligou.

— Erskine está fora disso tudo — disse ela, triunfante. — A esposa dele saiu, e ele está cuidando das tarefas domésticas. Então sobram os outros dois. Não é, Miss Marple?

Miss Marple estava com uma expressão séria.

— Não creio, meus queridos — disse ela —, que vocês tenham refletido o suficiente sobre a questão. Ai, ai, estou de fato muito preocupada. Se ao menos eu soubesse exatamente o que fazer...

Capítulo 24

As patas de macaco

Gwenda apoiou os cotovelos sobre a mesa e segurou o queixo com as mãos, enquanto seus olhos vagavam de modo desinteressado pelas sobras de um almoço feito às pressas. Agora precisava lidar com elas, levá-las à copa, lavar tudo, guardar as coisas e ver o que teria para o jantar mais tarde.

Mas não havia pressa. Ela sentiu que precisava de um pouco de tempo para absorver as coisas. Tudo estava acontecendo rápido demais.

Os acontecimentos da manhã, quando os revisava, pareciam caóticos e impossíveis. Tudo aconteceu muito rápido e de forma muito improvável.

O Inspetor Last apareceu cedo, às 9h30. Com ele vieram o Detetive Inspetor Primer, da delegacia central, e o chefe da polícia do condado. Este último não ficou muito tempo. Era o Inspetor Primer quem estava encarregado do caso da falecida Lily Kimble e de todas as ramificações daí decorrentes.

Foi o Inspetor Primer, um homem de modos enganosamente pacatos e uma voz gentil e apologética, que perguntou se seria muito inconveniente para ela se seus homens fizessem algumas escavações no jardim.

Pelo tom de sua voz, parecia que estava perguntando se poderiam fazer algum exercício saudável, em vez de procurar um cadáver que estava enterrado havia dezoito anos.

Foi Giles quem falou então. Ele disse:

— Acho que talvez possamos ajudá-lo com uma ou duas sugestões.

Contou ao inspetor sobre o deslocamento dos degraus que conduziam ao gramado, e o levou até o terraço.

O inspetor olhou para a janela gradeada do primeiro andar, na esquina da casa, e disse:

— Deve ser o quarto das crianças, presumo.

E Giles respondeu que sim.

Então o inspetor e ele voltaram para casa, e dois homens com pás saíram para o jardim. Giles, antes que o inspetor pudesse começar a fazer perguntas, disse:

— Acho, inspetor, que é melhor o senhor ouvir algo que minha esposa até agora não mencionou a ninguém, exceto a mim mesmo... e... hum... a outra pessoa.

O olhar gentil e um tanto intimidador do Inspetor Primer repousou em Gwenda. Era levemente especulativo. Devia estar se perguntando, pensou Gwenda: "Esta é uma mulher em quem se pode confiar ou é do tipo que imagina coisas?".

Ela sentiu isso tão forte que começou a falar, defensiva:

— Posso ter imaginado. Talvez, sim. Mas me parece terrivelmente real.

O Inspetor Primer falou, em um tom suave e conciliador:

— Bem, Mrs. Reed, vamos ouvir a respeito.

E Gwenda explicou. Como a casa lhe pareceu familiar quando a viu pela primeira vez. Como ela descobriu depois que, de fato, havia morado lá quando criança. Como ela se lembrava do papel de parede do quarto do bebê, da porta de comunicação e da sensação que tivera de que deveria haver degraus até o gramado.

O Inspetor Primer assentiu. Não disse que as lembranças infantis de Gwenda eram desinteressantes, mas Gwenda se perguntou se ele não estaria pensando nisso.

Então ela se preparou para a declaração final. De como de repente se lembrou, quando estava sentada em um teatro, de olhar através do corrimão para Hillside e ver uma mulher morta no corredor.

— Com um rosto azulado, estrangulado, e cabelos dourados... e era Helen. Mas fui tão tola, eu não sabia *quem* era Helen.

— Achamos que... — começou Giles, mas o Inspetor Primer, com uma autoridade inesperada, ergueu a mão para contê-lo.

— Por favor, deixe Mrs. Reed me contar com as próprias palavras.

E Gwenda prosseguiu atabalhoada, com o rosto corado e o Inspetor Primer gentilmente ajudando-a, usando uma destreza que Gwenda não soube apreciar como a performance técnica que era.

— Webster? — perguntou-se ele, pensativo. — Hum... *A duquesa de Malfi*. Patas de macaco?

— Provavelmente foi um pesadelo — interveio Giles.

— Por favor, Mr. Reed.

— Pode ter sido tudo um pesadelo — concordou Gwenda.

— Não, não creio que tenha sido — disse o Inspetor Primer. — Seria muito difícil explicar a morte de Lily Kimble, a menos que presumíssemos que houve uma mulher assassinada nesta casa.

Isso pareceu tão razoável e quase reconfortante que Gwenda se apressou a acrescentar:

— E não foi meu pai quem a matou. Não foi, mesmo. Até o Dr. Penrose diz que ele não era do tipo certo e que não poderia ter assassinado alguém. E o Dr. Kennedy tinha certeza de que ele não havia feito isso, apenas pensava que sim. Então, veja, foi alguém que queria que parecesse que foi meu pai quem fez isso, e achamos que sabemos quem... pelo menos é uma das duas pessoas...

— Gwenda — disse Giles. — Não podemos realmente...

— Eu me pergunto, Mr. Reed — disse o inspetor —, se o senhor não se importaria de ir até o jardim e ver como meus homens estão. Diga a eles que eu o enviei.

Ele fechou as janelas francesas assim que Giles saiu, trancou-as e voltou para junto de Gwenda.

— Agora conte-me todas as suas ideias, Mrs. Reed. Não importa se forem um pouco incoerentes.

E Gwenda despejou todas as especulações e raciocínios dela e de Giles, e os passos que tomaram para descobrir tudo o que podiam acerca dos três homens que haviam participado da vida de Helen Halliday, as conclusões finais a que chegaram e como ambos, Walter Fane e J.J. Afflick, receberam telefonemas de alguém se passando por Giles e foram convocados a Hillside na tarde anterior.

— Mas o senhor percebe, não é, inspetor, que um deles pode estar mentindo?

E com uma voz suave e um tanto cansada, o inspetor disse:

— Essa é uma das principais dificuldades nesse ramo de trabalho. Muitas pessoas podem estar mentindo. E muitas delas estão… Embora nem sempre pelos motivos que se imagina. E algumas nem sabem que estão mentindo.

— O senhor acha que eu sou assim? — perguntou Gwenda, apreensiva.

E o inspetor sorriu e disse:

— Acho que a senhora é uma testemunha muito sincera, Mrs. Reed.

— E o senhor acha que estou certa sobre quem a matou?

O inspetor suspirou e respondeu:

— Não é uma questão de achismo, não conosco. É uma questão de verificação. Onde todos estavam, que relato cada um dá da movimentação que fez. Sabemos com precisão suficiente, com uma margem de cerca de dez minutos, a hora em que Lily Kimble foi morta. Entre 14h20 e 14h45. Qualquer um poderia tê-la matado e depois vindo aqui ontem à tarde. Eu próprio não vejo qualquer razão para esses telefonemas. Isso não dá às pessoas mencionadas um álibi para a hora do assassinato.

— Mas o senhor vai descobrir, não vai, o que eles estavam fazendo naquele momento? Entre 14h20 e 14h45. O senhor vai perguntar a eles.

O Inspetor Primer sorriu.

— Faremos todas as perguntas necessárias, Mrs. Reed, pode ter certeza disso. Tudo em bom tempo. Não adianta apressar as coisas. É preciso ver o caminho a seguir.

Gwenda teve uma súbita visão de paciência e de um trabalho silencioso e nada sensacional. Sem pressa, sem remorsos...

— Compreendo, sim — disse ela. — Porque o senhor é profissional. E Giles e eu somos apenas amadores. Poderíamos ter um palpite sortudo, mas não saberíamos realmente como dar continuidade a isso.

— Algo assim, Mrs. Reed.

O inspetor sorriu mais uma vez. Ele se levantou e abriu as janelas francesas. Então, quando estava prestes a sair por elas, parou. "Um tanto", pensou Gwenda, "como um cão de caça."

— Com licença, Mrs. Reed. Aquela senhora não seria Miss Jane Marple, seria?

Gwenda se aproximou dele. No fundo do jardim, Miss Marple ainda travava uma guerra perdida contra a trepadeira.

— Sim, é Miss Marple. Ela foi muito gentil em nos ajudar com o jardim.

— Miss Marple — disse o inspetor. — Compreendo.

E quando Gwenda olhou para ele com um ar interrogativo e disse que ela era "muito querida", ele respondeu:

— Ela é uma senhora muito famosa, Miss Marple. Tem os chefes de polícia de pelo menos três condados no bolso. Ela ainda não tem meu chefe, mas ouso dizer que isso logo acontecerá. Então Miss Marple está envolvida nesta história.

— Ela fez muitas sugestões úteis — disse Gwenda.

— Aposto que sim — comentou o inspetor. — Foi sugestão dela onde procurar a falecida Mrs. Halliday?

— Ela disse que Giles e eu deveríamos saber muito bem onde procurar — respondeu Gwenda. — E pareceu estúpido de nossa parte não ter pensado nisso antes.

O inspetor deu uma risadinha e desceu para ficar ao lado de Miss Marple.

— Acho que não fomos apresentados, Miss Marple — disse ele. — Mas a senhora me foi indicada uma vez pelo Coronel Melrose.

Miss Marple levantou-se, corada e segurando um punhado de folhas verdes.

— Ah, sim. O bom Coronel Melrose. Ele sempre foi *muito* gentil. Desde que...

— Desde que um sacristão foi baleado no escritório do vigário. Há bastante tempo. Mas a senhora teve outros sucessos desde então. Um probleminha com cartas anônimas perto de Lymstock.

— O senhor parece saber bastante sobre mim, inspetor...

— Primer, esse é o meu nome. E a senhora tem estado ocupada aqui, imagino.

— Bem, eu tento fazer o que posso no jardim. Ele foi tristemente negligenciado. Essa trepadeira, por exemplo, é uma coisa tão nojenta. As raízes — disse Miss Marple, olhando muito séria para o inspetor — são muito fundas. Elas vêm de longe... por baixo da superfície.

— Acho que a senhora está certa quanto a isso — disse o inspetor. — Muito fundo. Vem de longe... esse assassinato, digo. Dezoito anos.

— E talvez antes disso — acrescentou Miss Marple. — Correndo por baixo da superfície... E terrivelmente daninho, inspetor, tirando a vida de lindas flores que crescem...

Um dos policiais veio pelo caminho. Ele estava suando e tinha uma mancha de terra na testa.

— Chegamos a... alguma coisa, senhor. Parece ser ela mesmo.

E foi assim, refletiu Gwenda, que a sensação de pesadelo naquele dia começou. Com Giles entrando, o rosto bastante pálido, e dizendo:

— É... ela está lá mesmo, Gwenda.

Então um dos policiais telefonou, e o médico legista, um homem baixo e agitado, chegou.

E foi então que Mrs. Cocker, a calma e imperturbável Mrs. Cocker, saiu para o jardim — não levada, como seria de se esperar, por uma curiosidade mórbida, mas indo apenas buscar ervas culinárias para o prato que preparava para o almoço. E Mrs. Cocker, cuja reação à notícia de um assassinato no dia anterior havia sido de censura e ansiedade pelo efeito sobre a saúde de Gwenda (pois Mrs. Cocker havia decidido que o quarto das crianças no andar de cima estaria ocupado em pouco tempo), deparou-se imediatamente com a horrível descoberta e foi "se sentindo muito esquisita" de forma alarmante.

— É horrível demais, senhora. Ossos são uma coisa que nunca pude suportar. Esqueletos, no caso. E aqui, no jardim, tão perto da hortelã e de tudo mais. E meu coração está batendo tão rápido... palpitações... mal consigo respirar. E se me permitir a ousadia, apenas um dedalzinho de conhaque...

Alarmada com os suspiros de Mrs. Cocker e com sua cor acinzentada, Gwenda correu até o aparador, serviu um pouco de conhaque e levou-o para ela bebericar.

E Mrs. Cocker disse:

— Era disso mesmo que eu precisava, senhora...

Quando, de repente, sua voz falhou, e ela parecia tão alarmada, que Gwenda gritou por Giles, e Giles chamou o médico legista.

— E foi uma sorte eu estar no local — disse este último depois. — Foi difícil, de todo modo. Sem um médico, aquela mulher teria morrido ali mesmo.

Então o Inspetor Primer pegou a garrafa de conhaque, e ele e o legista ficaram discutindo a respeito dela, e o Inspetor

Primer perguntou a Gwenda quando ela e Giles haviam bebido conhaque pela última vez.

Gwenda respondeu que achava que não por alguns dias. Eles estiveram fora, no norte, e nas últimas vezes que beberam, beberam gim.

— Mas ontem quase tomei um pouco de conhaque — revelou Gwenda. — Só que isso me faz pensar nos navios a vapor do Canal, então Giles abriu uma nova garrafa de uísque.

— Foi muita sorte para a senhora, Mrs. Reed. Se tivesse bebido conhaque ontem, duvido que estivesse viva hoje.

— Giles quase bebeu um pouco, mas no final ele tomou uísque comigo.

Gwenda teve um calafrio.

Mesmo naquele momento, sozinha em casa, sem a polícia e com Giles tendo partido com eles, depois de um almoço apressado de comida enlatada (já que Mrs. Cocker havia sido transferida para o hospital), Gwenda mal conseguia acreditar no torvelinho de acontecimentos daquela manhã.

Uma coisa havia ficado clara: a presença de Jackie Afflick e Walter Fane na casa no dia anterior. Qualquer um deles poderia ter adulterado o conhaque, e qual seria o propósito dos telefonemas, a não ser para dar a um ou outro a oportunidade de envenenar a garrafa de conhaque? Gwenda e Giles estavam chegando muito perto da verdade. Ou uma terceira pessoa teria vindo de fora, talvez pela janela aberta da sala de jantar, enquanto ela e Giles estavam sentados na casa do Dr. Kennedy, esperando que Lily Kimble comparecesse ao encontro? Uma terceira pessoa que planejou as ligações para desviar as suspeitas para as outras duas?

Mas uma terceira pessoa, considerou Gwenda, não fazia sentido. Pois uma terceira pessoa, certamente, teria telefonado para apenas *um* dos dois homens. Uma terceira pessoa teria desejado um suspeito, não dois. E, de qualquer maneira, quem poderia ser a terceira pessoa? Erskine sem dúvida estava em Northumberland. Não, ou Walter Fane havia telefonado para Afflick e fingiu ter telefonado para si mesmo, ou então Afflick telefonou para Fane e fingiu ter sido chamado. Era um dos dois, e a polícia, que era mais inteligente e tinha mais recursos do que ela e Giles, descobriria qual. E, enquanto isso, ambos os homens seriam vigiados. Eles não poderiam... tentar novamente.

De novo Gwenda teve um calafrio. Leva um tempo para se acostumar a saber que alguém havia tentado matar você. "Perigoso", havia dito Miss Marple tempos atrás. Mas ela e Giles não haviam levado a ideia de perigo a sério. Mesmo após Lily Kimble ter sido assassinada, ainda não havia lhe ocorrido que alguém poderia tentar assassinar Giles e ela. Só porque estavam chegando muito perto da verdade sobre o que havia acontecido dezoito anos atrás. Descobrindo o que devia ter ocorrido então e quem havia sido o responsável.

Walter Fane ou Jackie Afflick... qual deles?

Gwenda fechou os olhos, vendo-os novamente à luz do que sabia agora.

O calmo Walter Fane, sentado em seu escritório — a aranha pálida no centro da teia. Tão quieto, tão inofensivo. Uma casa com persianas fechadas. Alguém morto na casa. Alguém morto há dezoito anos, mas que ainda está lá. Como o quieto Walter Fane parecia sinistro agora. Walter Fane, que certa vez lançou-se sobre o irmão com vontade de matá-lo. Walter Fane, com quem Helen se recusou com desdém a se casar, uma vez nessa terra e outra na Índia. Uma dupla rejeição. Uma dupla ignomínia. Walter Fane, tão calado, tão pouco emotivo, que só conseguia expressar-se, talvez, por meio de súbita violência assassina — como, possivelmente, a tranquila Lizzie Borden fizera certa vez...

Gwenda abriu os olhos. Ela havia se convencido de que Walter Fane era o culpado, não havia?

Ela poderia, talvez, apenas considerar Afflick. Com olhos abertos, não fechados.

O terno xadrez espalhafatoso, os modos dominadores, o completo oposto de Walter Fane. Não havia qualquer traço reprimido ou discreto em Afflick. Mas era possível que ele agisse dessa forma por causa de um complexo de inferioridade. É assim que funciona, dizem os especialistas. Se você não está seguro consigo mesmo, precisa se gabar, se afirmar e ser autoritário. Recusado por Helen, por não ser bom o suficiente para ela. A ferida purulenta, jamais esquecida. A determinação para subir na vida. A mania de perseguição. Todos contra ele. Dispensado do emprego por uma acusação falsa feita por um "inimigo". Com certeza isso mostrava que Afflick não era normal. E que sensação de poder um homem como esse teria ao matar. Aquele rosto bem-humorado e jovial dele era realmente um rosto cruel. Ele era um homem cruel, e a esposa magra e pálida sabia disso e tinha medo dele. Lily Kimble o ameaçou, e Lily Kimble morreu. Gwenda e Giles interferiram — então Gwenda e Giles também deveriam morrer, e ele culparia Walter Fane, que o tinha demitido havia muito tempo. Isso se encaixava muito bem.

Gwenda se agitou, saindo da imaginação e voltando à praticidade. Giles logo estaria em casa e iria querer tomar chá. Ela precisava limpar tudo e lavar a louça.

Ela pegou uma bandeja e levou as coisas para a cozinha. Tudo estava arrumado com primor. Mrs. Cocker era de fato um tesouro.

Ao lado da pia havia um par de luvas cirúrgicas de borracha. Mrs. Cocker sempre usava um par para lavar a louça. A sobrinha dela, que trabalhava em um hospital, comprou-as com desconto.

Gwenda as colocou nas mãos e começou a lavar a louça. Não custava manter as mãos bonitas. Ela lavou os pratos e os colocou na prateleira, lavou e secou as outras coisas, e guardou tudo com cuidado. Então, ainda perdida em pensamentos, subiu as escadas. "Poderia muito bem", pensou ela, "lavar aquelas meias e um ou dois suéteres." Ela permaneceu de luvas.

Essas eram as coisas em que estava pensando. Mas, em algum lugar, por baixo delas, algo a incomodava.

Walter Fane ou Jackie Afflick, dissera. Um ou outro. E ela apresentava bons argumentos contra qualquer um deles. Talvez fosse isso que de fato a incomodasse. Porque, estritamente falando, seria muito mais satisfatório se pudesse apresentar um bom argumento contra apenas *um* deles. Já se poderia ter certeza a essas alturas de *qual era*. E Gwenda não tinha.

Se ao menos houvesse outra pessoa… Mas não havia como ter mais alguém. Porque Richard Erskine estava fora disso. Richard Erskine estava em Northumberland quando Lily Kimble foi morta e quando o conhaque da garrafa foi adulterado. Sim, Richard Erskine estava com certeza fora disso.

Ela ficou feliz com isso, porque gostava de Richard Erskine. Richard Erskine era atraente, muito atraente. Que tristeza para ele ser casado com aquela mulher da idade da pedra, com olhos desconfiados e voz grave e profunda. Assim como a voz de um homem…

Como a voz de um homem…

A ideia passou por sua mente com uma estranha apreensão. A voz de um homem… Teria sido Mrs. Erskine, e não o marido, quem falou com Giles ao telefone na noite anterior?

Não, não, com certeza não. Não, claro que não. Ela e Giles saberiam. E, de qualquer forma, para começar, Mrs. Erskine não teria como saber quem estava ligando. Não, claro que era Erskine quem estava falando, e a esposa, como ele disse, havia saído.

A esposa havia saído…

Decerto… não, isso era impossível… Poderia ter sido Mrs. Erskine? Mrs. Erskine, enlouquecida pelo ciúme? Mrs. Erskine, para quem Lily Kimble havia escrito? Teria sido uma *mulher* que Léonie viu no jardim naquela noite, quando olhou pela janela?

Houve um estrondo repentino no corredor abaixo. Alguém havia entrado pela porta da frente.

Gwenda saiu do banheiro até o patamar e olhou por cima do corrimão. Ela ficou aliviada ao ver que era o Dr. Kennedy, e falou:

— Estou aqui.

As mãos dela estavam estendidas à frente — molhadas, brilhantes, de um estranho cinza-rosado, elas a lembravam de alguma coisa...

Kennedy olhou para cima, protegendo os olhos.

— É você, Gwennie? Não consigo ver seu rosto... Meus olhos estão ofuscados...

E então Gwenda gritou...

Olhando para aquelas macias patas de macaco e ouvindo aquela voz no corredor...

— Foi o senhor! — Ela se engasgou. — O senhor a matou... matou Helen... Agora eu sei. Foi o senhor... esse tempo todo... o senhor...

Ele subiu as escadas em direção a ela. Devagar. Olhando para ela.

— Por que não me deixou em paz? — disse ele. — Por que teve que se intrometer? Por que teve que trazer ela de volta? Justo quando eu começava a esquecer... a esquecer. Você a trouxe de volta... Helen... minha Helen. Fazendo tudo vir à tona outra vez. Precisei matar Lily, agora preciso matar você. Como matei Helen... Sim, como matei Helen...

Ele estava perto dela agora, com as mãos estendidas em sua direção, tentando alcançar, ela sabia, sua garganta. Aquele rosto gentil e inquisitivo, aquele rosto simpático, comum e idoso, ainda era o mesmo, mas os olhos — os olhos não eram sãos...

Gwenda recuou diante dele, devagar, o grito congelado na garganta. Ela gritou uma vez. Não conseguia gritar de novo. E, se gritasse, ninguém ouviria.

Porque não havia ninguém na casa. Nem Giles, nem Mrs. Cocker, nem mesmo Miss Marple no jardim. Ninguém. E a casa ao lado ficava longe demais para que fosse ouvida, se gritasse. E, de qualquer maneira, ela não conseguia gritar... Porque estava com muito medo. Medo daquelas mãos horríveis...

Ela poderia recuar até a porta do quarto das crianças e então... e então... aquelas mãos apertariam sua garganta...

Um gemido abafado e lamentável saiu dos lábios dela.

E então, de repente, o Dr. Kennedy parou e recuou quando um jato de água com sabão o atingiu entre os olhos. Ele se engasgou, piscou e levou as mãos ao rosto.

— Que sorte — disse a voz de Miss Marple, um tanto ofegante, pois ela havia subido a escada dos fundos freneticamente — que eu estava pulverizando as roseiras.

Capítulo 25

Pós-escrito em Torquay

— Mas é claro, Gwenda querida, que eu nunca nem sonharia em ir embora e deixá-la sozinha na casa — disse Miss Marple.

— Eu sabia que havia uma pessoa muito perigosa à solta, e eu vinha mantendo uma discreta vigília do jardim.

— A senhora sabia que era... ele... o tempo todo? — perguntou Gwenda.

Eles estavam em três, Miss Marple, Gwenda e Giles, sentados no terraço do Hotel Imperial, em Torquay.

"Uma mudança de cenário", havia dito Miss Marple, e Giles concordara, seria a melhor coisa para Gwenda. Então o Inspetor Primer concordou, e eles se dirigiram imediatamente para Torquay.

Miss Marple disse, em resposta à pergunta de Gwenda:

— Bem, eu achava que era, minha querida. Ainda que infelizmente não houvesse qualquer evidência que se pudesse usar. Apenas indícios, nada mais.

Olhando para ela com curiosidade, Giles disse:

— Mas eu não consigo ver indícios mesmo assim.

— Ah, meu caro Giles, pense. Ele estava *no local*, para começar.

— No local?

— Mas com certeza. Quando Kelvin Halliday foi até ele naquela noite, ele *havia recém-chegado do hospital*. E o hospital, naquela época, como várias pessoas nos disseram, ficava ao lado de Hillside, ou St. Catherine, como era então conhecida. Então isso, como pode ver, o colocava *no lugar certo e na hora certa.* E então havia uma centena de pequenos fatos significativos. Helen Halliday disse a Richard Erskine que ela iria se casar com Walter Fane porque *ela não era feliz em casa.* Ou seja, não era feliz vivendo com o irmão. Ainda assim o irmão, por tudo que se dizia, era devotado a ela. Então por que ela não era feliz? Mr. Afflick contou a você que "ele tinha pena da pobre menina". Acho que ele foi completamente sincero quando disse isso. Ele *estava* com pena dela. Por que ela precisava sair e encontrar o jovem Afflick em segredo? Sabendo-se que ela não estava apaixonada por ele... Seria porque ela não conseguia encontrar rapazes de modo normal? O irmão era "severo" e "antiquado". Isso lembra vagamente, não lembra, Mr. Barrett de Wimpole Street?

Gwenda sentiu um calafrio.

— Ele era louco — disse ela. — Louco.

— Sim — concordou Miss Marple. — Ele não era normal. Ele adorava a meia-irmã, e essa afeição se tornou possessiva e prejudicial. Esse tipo de coisa acontece com mais frequência do que se imagina. Pais que não querem que as filhas se casem, ou até mesmo que sequer conheçam rapazes. Como Mr. Barrett. Eu pensei nisso quando ouvi sobre a rede de tênis.

— A rede de tênis?

— Sim, isso me pareceu muito significativo. Pense naquela moça, a jovem Helen, voltando da escola, e ansiosa por tudo o que uma menina quer da vida, ansiosa para conhecer rapazes... para flertar com eles...

— Meio maníaca por sexo.

— *Não* — enfatizou Miss Marple. — *Isso* foi uma das coisas mais perversas nesse crime. Dr. Kennedy não apenas a matou fisicamente. Se você pensar com cuidado, verá que a única evidência de que Helen Kennedy seria louca por homens ou quase uma... qual foi a palavra que você usou, querida? Ah, sim, uma ninfomaníaca... veio diretamente do próprio *Dr.*

Kennedy. Acredito, em particular, que ela fosse uma menina perfeitamente comum que quisesse se divertir e namorar um pouco até encontrar o homem certo com quem se casar, não mais do que isso. E veja os passos que o irmão tomou. Primeiro, ele era severo e antiquado quanto a dar-lhe liberdade. Então, quando ela quis convidar amigos para jogar tênis, um desejo muito normal e inofensivo, ele fingiu concordar, e assim, à noite, em segredo, cortou a rede de tênis em pedaços, uma ação muito significativa e sádica. Então, uma vez que ela ainda podia sair para jogar tênis ou dançar, ele tirou vantagem de um pé machucado que ele tratou, para infectá-lo e não permitir que sarasse. Ah, sim, acho que ele fez isso... na verdade, tenho certeza de que sim.

"Mas, vejam, não creio que Helen tenha se dado conta de nada disso. Ela sabia que o irmão nutria uma profunda afeição por ela e não acho que soubesse *por que* se sentia inquieta e infeliz em casa. Mas ela se sentia assim e, no fim, decidiu viajar para a Índia para se casar com o jovem Fane como um meio de fugir. Mas fugir *do quê*? Ela não sabia. Era jovem e inocente demais para saber. Então ela partiu para a Índia e no caminho conheceu Richard Erskine e se apaixonou por ele. De novo, ela se comportou não como uma maníaca por sexo, mas como uma menina decente e honrada. Ela não insistiu para que ele abandonasse a esposa. Insistiu para que ele não fizesse isso. Mas, quando viu Walter Fane, ela soube que não poderia se casar com ele, e como não sabia o que mais poderia fazer, mandou um telegrama para o irmão pedindo dinheiro para voltar para casa.

"No caminho de volta, ela conheceu seu pai, e outro meio de fuga surgiu. Dessa vez, um com boas chances de felicidade. Ela não se casou com seu pai com falsas intenções, Gwenda. Ele estava se recuperando da morte de uma esposa muito amada. Ela estava superando um romance infeliz. Eles podiam ajudar um ao outro. Acho que é significativo que ela e Kelvin Halliday tenham se casado em Londres e então partido para Dillmouth, para dar as notícias ao Dr. Kennedy. Ela deve ter sentido, por instinto, que seria mais sábio fazer assim, do que vir se casar em Dillmouth, o que seria o mais comum. Eu ainda creio que ela não sabia o que estava contra ela... mas estava inquieta, e se sentia mais segura em apresentar o casamento como *fato consumado* ao irmão.

"Kelvin Halliday era muito amigável com Kennedy e gostava dele. Kennedy fez todo o possível para se mostrar feliz com o casamento. O casal comprou uma casa mobiliada aqui. E, agora, nós chegamos àquele fato muito significativo... a sugestão de que Kelvin estava sendo drogado pela esposa. Havia apenas duas explicações possíveis para isso, porque havia apenas duas pessoas que teriam a oportunidade de fazer tal coisa. Ou Helen Halliday *estava* drogando o marido, e se fosse o caso, por quê? Ou então as drogas estavam sendo ministradas pelo Dr. Kennedy. Kennedy era o médico de Halliday, como ficou claro já que Halliday se consultava com ele. Ele confiava nos conhecimentos médicos de Halliday, e a sugestão de que a esposa o estivesse drogando foi espertamente sugerida a ele por Kennedy."

— Mas alguma droga poderia fazer um homem alucinar que estivesse estrangulando a esposa? — perguntou Giles.

— Digo, não há nenhuma droga, ou há, que tenha esse efeito em *específico*?

— Meu querido Giles, de novo você está caindo na armadilha... a armadilha de acreditar *no que foi dito a você*. Há apenas a palavra do Dr. Kennedy para isso. Halliday nunca teve *essa* alucinação. Ele próprio nunca escreveu isso no diário. Ele teve alucinações, sim, mas não menciona nada desse tipo. Eu ouso dizer que Kennedy falou a ele sobre homens que estrangularam as esposas após passarem por uma fase como a que Kelvin Halliday estava vivenciando.

— O Dr. Kennedy foi realmente perverso — comentou Gwenda.

— Eu acho — disse Miss Marple — que naquela época ele já havia ultrapassado o limite entre a sanidade e a loucura.

E Helen, pobre menina, começou a perceber isso. Era com o irmão que ela devia estar falando naquele dia quando foi ouvida por Lily. "Acho que sempre tive medo de você." Essa foi uma das coisas que ela disse. E isso sempre foi muito significativo. E então ela decidiu deixar Dillmouth. Ela convenceu o marido a comprar uma casa em Norfolk, ela o convenceu a não contar isso a ninguém. O sigilo sobre o assunto foi muito esclarecedor. Ela estava claramente com muito medo de que *alguém* descobrisse, mas isso não se encaixava com as suspeitas sobre Walter Fane ou sobre Jackie Afflick, e com certeza não na preocupação com Richard Erskine. Não, apontava para algum lugar muito mais próximo de casa. E, no final, Kelvin Halliday, que sem dúvida não gostava de manter segredo e achava isso sem sentido, contou ao cunhado. E, ao fazer isso, selou o próprio destino e o da esposa. Pois Kennedy não deixaria Helen partir e viver feliz com o marido. Acho que talvez a ideia dele fosse apenas acabar com a saúde de Halliday com drogas. Mas com a revelação de que a vítima dele e Helen iriam escapar, ele ficou completamente perturbado. Do hospital foi até o jardim de St. Catherine e levou consigo um par de luvas cirúrgicas. Ele encontrou Helen no corredor e a estrangulou. Ninguém o viu, não havia alguém lá para vê-lo, ou assim ele pensou, e então, atormentado pelo amor e pelo frenesi, citou aquelas linhas trágicas que eram tão apropriadas.

Miss Marple suspirou e estalou a língua.

— Eu fui burra... muito burra. Nós todos fomos burros. Deveríamos ter visto de imediato. Aquelas falas de *A duquesa de Malfi* foram realmente a pista para tudo. Elas são ditas, não é, por um *irmão* que acaba de planejar a morte da irmã para vingar o casamento dela com o homem que amava. Sim, fomos burros...

— E então? — perguntou Giles.

— E então ele prosseguiu com todo o plano diabólico. O corpo foi levado para cima. As roupas, embaladas em uma mala. Um bilhete foi escrito e jogado na cesta de papéis para convencer Halliday mais tarde.

— Mas eu seria levada a achar — disse Gwenda — que teria sido melhor, do ponto de vista dele, que meu pai realmente tivesse sido condenado pelo assassinato.

Miss Marple negou com a cabeça.

— Ah, não, ele não podia arriscar isso. Ele tinha muito do bom senso escocês, você sabe. Tinha um saudável respeito pela polícia. A polícia precisa de muito para ser convencida antes de acreditar que um homem é culpado de assassinato. A polícia poderia fazer muitas perguntas embaraçosas e muitas investigações embaraçosas quanto a horários e lugares. Não, o plano dele era mais simples e, creio eu, mais diabólico. Ele só precisava convencer Halliday. Primeiro, que ele havia matado a esposa. E, em segundo lugar, que estava louco. Ele convenceu Halliday a ir a um hospício, mas não acho que de fato quisesse convencê-lo de que tudo era uma ilusão. Seu pai aceitou essa teoria, Gwennie, sobretudo, imagino, por sua causa. Ele continuou a acreditar que havia matado Helen. Morreu acreditando nisso.

— Perverso — repetiu Gwenda. — Perverso, perverso, perverso.

— Sim — disse Miss Marple. — Realmente, não há outra palavra. E eu acho, Gwenda, que foi por isso que sua lembrança permaneceu tão forte. Era uma maldade real que estava no ar naquela noite.

— Mas e as cartas? — questionou Giles. — As cartas de Helen. Elas *tinham* a letra dela, então não poderiam ser falsificações.

— É claro que eram falsificações! Mas foi aí que ele deu um passo maior do que as pernas. Estava muito ansioso, vejam bem, em parar as investigações de vocês. É provável que ele consiga imitar a letra de Helen muito bem, mas não enganaria um especialista. Então, a amostra da caligrafia de Helen que ele enviou a vocês junto com as cartas não era dela. Ele mesmo a escreveu. Então naturalmente elas passaram.

— Meu Deus! — exclamou Giles. — Eu nunca teria pensado nisso.

— Não — disse Miss Marple. — *Você acreditava no que ele dizia.* É realmente muito perigoso acreditar nas pessoas. *Eu mesma* não acredito faz anos.

— E o conhaque?

— Ele fez isso no dia em que chegou a Hillside com a carta de Helen e conversou comigo no jardim. Ele estava esperando em casa enquanto Mrs. Cocker saiu e me disse que ele estava lá. Levaria apenas um minuto.

— Meu Deus — disse Giles. — E ele me incentivou a levar Gwenda para casa e *dar-lhe conhaque* depois que fôssemos à delegacia, quando Lily Kimble foi morta. Como ele combinou de encontrá-la mais cedo?

— Isso foi muito simples. A carta original que ele lhe enviou pedia a ela que o encontrasse em Woodleigh Camp e fosse para Matchings Halt no trem das 14h05 na baldeação de Dillmouth. Ele provavelmente saiu do bosque e a abordou enquanto ela subia a estrada, e a estrangulou. Então ele apenas substituiu a carta que todos vocês viram pela carta que ela tinha consigo e que ele pediu a ela que trouxesse por causa das instruções nela contidas, e foi para casa se preparar para vocês e encenar o pequeno teatro de esperar por Lily.

— E Lily realmente o estava ameaçando? Na carta dela não parecia que ela estivesse. Ela parecia suspeitar de Afflick.

— Talvez tenha feito isso. Mas Léonie, a suíça, havia conversado com Lily, e Léonie era o único perigo para Kennedy. Porque ela olhou pela janela do quarto e o viu cavando no jardim. De manhã, ele conversou com ela, disse-lhe sem rodeios que o Major Halliday matara a mulher, que o Major Halliday era louco e que ele, Kennedy, estava abafando o assunto por causa da criança. Se, no entanto, Léonie achasse que deveria ir à polícia, deveria fazê-lo, mas seria muito desagradável para ela, e assim por diante. Léonie ficou imediatamente assustada com a menção à polícia. Ela adorava você e tinha fé implícita no que *monsieur le docteur* considerava melhor. Kennedy pagou-lhe uma bela quantia em dinheiro e a fez voltar para a Suíça. Mas, antes de partir, ela insinuou algo a Lily sobre o fato de seu pai ter matado a esposa e que ela havia visto o corpo ser enterrado. Isso combinava com as ideias de Lily na época. Ela presumiu que foi Kelvin Halliday quem Léonie viu cavando a cova.

— Mas Kennedy não sabia disso, é claro — disse Gwenda.

— Claro que não. Quando recebeu a carta de Lily, as palavras que o assustaram foram que Léonie contou a Lily o que viu *pela janela* e a menção ao carro lá fora.

— O carro? O carro de Jackie Afflick?

— Outro mal-entendido. Lily se lembrava, ou pensava se lembrar, de um carro como o de Jackie Afflick na estrada. A imaginação dela já havia começado a trabalhar no Homem Misterioso que veio ver Mrs. Halliday. Com o hospital ao lado, sem dúvida muitos carros estacionavam ao longo dessa estrada. Mas lembre-se de que o *carro do médico* estava parado do lado de fora do hospital naquela noite. Ele provavelmente chegou à conclusão de que ela se referia ao carro *dele*. O adjetivo "chique" não significava nada para ele.

— Entendo — disse Giles. — Sim, para uma consciência pesada, aquela carta de Lily pode parecer uma chantagem. Mas como você sabe tudo sobre Léonie?

Com os lábios franzidos, Miss Marple disse:

— Ele foi até o fim, você sabe. Assim que os homens que o Inspetor Primer havia deixado no local entraram correndo e o prenderam, ele repassou a limpo todo o crime repetidas vezes, tudo o que havia feito. Léonie morreu, ao que parece, logo após retornar à Suíça. Uma overdose com alguns comprimidos para dormir... Ah, não, ele não iria correr esse risco.

— Como tentar me envenenar com conhaque.

— Você era muito perigosa para ele, você e Giles. Felizmente você nunca contou a ele sobre se lembrar de ver Helen morta no corredor. Ele nunca soube que houve uma testemunha ocular.

— Aquelas ligações para Fane e Afflick — disse Giles. — Foi ele que fez isso?

— Sim. Se houvesse uma investigação sobre quem poderia ter adulterado o conhaque, qualquer um dos dois seria um excelente suspeito e, se Jackie Afflick chegasse de carro sozinho, isso poderia ligá-lo ao assassinato de Lily Kimble. Fane provavelmente teria um álibi.

— E ele parecia gostar de mim — falou Gwenda. — A pequena Gwennie.

— Ele teve que desempenhar um papel — argumentou Miss Marple. — Imagine o que isso significava para ele. Depois de dezoito anos, você e Giles aparecem, fazendo perguntas, vasculhando o passado, perturbando um assassinato que parecia morto, mas que estava apenas adormecido... Assassinato em retrospecto... Uma coisa terrivelmente perigosa de se fazer, meus queridos. Fiquei muito preocupada.

— Pobre Mrs. Cocker — disse Gwenda. — Ela escapou por um triz. Estou feliz que ela vai ficar bem. Você acha que ela vai voltar para nós, Giles? Depois de tudo isso?

— Ela fará isso se houver um quarto para crianças — disse Giles, com seriedade, e Gwenda corou.

Miss Marple sorriu um pouco e olhou para Torquay.

— Foi muito estranho que tudo tenha acontecido do modo como aconteceu — refletiu Gwenda. — Eu calçando aquelas luvas de borracha e olhando para elas, e então ele entrando no corredor e dizendo aquelas palavras que soavam tão parecidas com as outras. "Rosto..." E então: "Olhos ofuscados...". — Ela teve um calafrio. — Cubra o rosto dela... Meus olhos ofuscados... ela morreu jovem... poderia ter sido eu... se Miss Marple não estivesse lá.

Ela fez uma pausa e disse, com suavidade:

— Pobre Helen... Pobre e adorável Helen, que morreu jovem... Você sabe, Giles, ela não está mais lá, na casa, no saguão. Pude sentir isso ontem, antes de partirmos. Só existe a casa. E a casa gosta de nós. Podemos voltar, se quisermos...

218   · AGATHA CHRISTIE ·

Notas sobre
Um crime adormecido

Um crime adormecido foi um dos dois livros que Agatha Christie guardou em um cofre, durante a Segunda Guerra Mundial, para preservá-los, e lá ficaram até a morte dela. *Cai o pano*, o último caso de Hercule Poirot, foi deixado para a filha Rosalind e *Um crime adormecido*, o último caso de Miss Marple, para o marido Max.

O manuscrito original desse livro era intitulado "Assassinato em retrospecto", assim como um dos capítulos. Depois, Christie mudou o título para "Cubra o rosto dela", só que, enquanto o manuscrito permaneceu no cofre, P.D. James lançou um livro de estreia com esse mesmo nome, fazendo que, enfim, o último caso de Miss Marple acabasse sendo publicado com o título *Um caso adormecido* [*Sleeping Murder*, no original].

A Igreja Baixa, mencionada no capítulo 2, também conhecida como "Low Church" em inglês, é como são chamados no cristianismo anglicano aqueles que dão pouca importância a rituais, sacramentos ou mesmo à autoridade do clero, denotando uma ênfase protestante. Já a Igreja Alta denota ênfase no ritual, em geral sendo considerada da linha do anglo-catolicismo.

A palavra "filisteia", usada por Gwenda no capítulo 2, denota, naquele contexto, alguém inculto, sem interesses intelectuais ou artísticos.

Citado no capítulo 2, *An Experiment With Time*, publicado pelo filósofo irlandês J. W. Dunne em 1927, teorizava sobre a possibilidade de precognição, defendendo que passado, presente e futuro ocorrem de modo simultâneo, mas a consciência humana os vê de forma linear. Essa teoria inspirou autores como T. S. Elliot e Jorge Luís Borges.

A Duquesa de Malfi, tragédia citada no capítulo 3 e parte-chave da resolução do crime, é uma peça de teatro inglesa do século XVII, escrita por John Webster, notória e às vezes ridicularizada pela violência e horror exagerados, típicos da época. Uma montagem protagonizada pelo ator inglês John Gielgud foi muito popular no Reino Unido após a Segunda Guerra. Já *Eles andavam sem os pés*, citada no mesmo parágrafo, é uma peça inexistente, fruto da invenção de Christie.

No capítulo 5, o Dr. Haydock cita o caso da socialite escocesa Madeleine Smith (1835-1928), que foi acusada de ter envenenado o amante Pierre Angelier, quando ele não aceitou o rompimento. Smith foi vista comprando arsênico numa farmácia, e logo depois Angelier morreu envenenado pelo mesmo veneno. Contudo, nada pôde ser provado nos tribunais, e ela foi inocentada. No mesmo parágrafo, o Dr. Haydock também comenta sobre o caso da norte-americana Lizzie Borden (1860-1927), que foi figura central no julgamento do assassinato de seu pai, um ricaço impopular e pão-duro de Massachusetts, e da madrasta, ambos brutalmente mortos a machadadas dentro de casa em 1892. Lizzie foi inocentada em julgamento, o caso nunca foi resolvido e tornou-se folclórico na cultura popular norte-americana.

O truque de Crippen, mencionado no capítulo 9, faz referência a Hawley Harvey Crippen, um médico homeopata norte--americano enforcado em 1910 pelo assassinato da esposa. Em um primeiro momento, ele teria alegado que sua esposa Cora havia fugido de navio com um amante. Investigações posteriores encontraram partes de um corpo desmembrado enterrado na casa, que disseram ser de Cora. A culpa do dr. Crippen é debatida até hoje.

No capítulo 13, Giles cita o inglês William Herbert Wallace (1878-1933), que, em 1931, teria sido induzido por um telefonema a passar a tarde longe de casa, e ao voltar encontrou a esposa morta por espancamento. A polícia desconfiou da história e, embora Wallace tenha sido acusado, a promotoria posteriormente retirou as acusações. O caso nunca foi resolvido, e se tornou tema de muitos livros. Na mesma fala, Giles também comenta sobre Herbert Rowse Armstrong, o único advogado na história da Inglaterra a ser enforcado por assassinato. Ele foi acusado de matar a esposa e um rival profissional, e o caso ganhou muita atenção da mídia na época. Ele insistia em sua inocência e o público também o defendia, por acreditar que estava sendo vítima de uma armadilha da concorrência.

A cidade belga de Ypres, citada no capítulo 14, foi palco de quatro grandes batalhas entre 1914 e 1918, durante a Primeira Guerra Mundial, nas quais se estima que tenham morrido ao todo mais de um milhão de pessoas.

News of the World, também mencionado no capítulo 14, foi um tabloide sensacionalista publicado aos domingos no Reino Unido de 1843 a 2011.

"Conheço cem formas de amar, e todas trazem ao amado pesar", frase recitada por Giles no capítulo 20, faz parte do Poema LVII (sem título), de Emily Brontë.

Dobbin, citado por Giles no capítulo 23, é um personagem do livro *Vanity Fair* (1848), do autor britânico William Thackeray (1811-1863).

No capítulo 24, o Inspetor Primer diz que Miss Marple lhe foi indicada pelo Coronel Melrose. Esse personagem já apareceu em alguns dos livros de Agatha Christie, dentre eles no conto "Os detetives do amor" (1950), publicado na coletânea *Três ratos cegos e outros contos*, e os romances *O mistério dos sete relógios* (1929) e *The Secret of Chimneys* (1925). Curiosamente, Miss Marple não aparece em nenhum deles.

Ao explicar a resolução do caso no capítulo 25, Miss Marple faz referência à obra *The Barretts of Wimpole Street*. Uma peça teatral de 1930, do dramaturgo Rudolf Besier, a história foi duas vezes adaptada para o cinema, como *A Família Barrett* (1937) e *O céu em teu amor* (1957), e retrata a juventude da poeta inglesa Elisabeth Barrett e seu amor pelo também poeta Robert Browning, dificultados pela dominação de um pai tirânico que se revela tendo desejos incestuosos por ela. O mesmo tema inspiraria o livro *Flush: Uma biografia*, de Virgínia Woolf, que reconta a história do ponto de vista do cão de Elisabeth.

Um crime adormecido foi adaptado para a televisão em 1987 como parte da série de Miss Marple produzida pela BBC, estrelando Joan Hickson como a detetive. Em 2006, foi adaptada novamente, dessa vez pela ITV, para a série deles da personagem, estrelando Geraldine McEwan. A obra também foi adaptada para o rádio em 2001, em uma transmissão da BBC Radio 4, que estrelava June Whitfield no papel de Miss Marple.

Este livro foi impresso pela Santa Marta,
em 2024, para a HarperCollins Brasil.
A fonte usada no miolo é Cheltenham, corpo 9,5/13,4pt.
O papel do miolo é pólen bold 70g/m²,
e o da capa é couché 150g/m² e offset 150g/m².